球少年

吴可彦 著

海峡出版发行集团
海峡文艺出版社

图书在版编目(CIP)数据

地球少年/吴可彦著. －福州:海峡文艺出版社,
2020.8(2024.3 重印)
ISBN 978-7-5550-2333-3

Ⅰ.① 地… Ⅱ.①吴… Ⅲ.①幻想小说－中
国－当代 Ⅳ.①I247.5

中国版本图书馆 CIP 数据核字(2020)第 121296 号

地球少年

吴可彦 著
出 版 人 林 滨
责任编辑 蓝铃松
出版发行 海峡文艺出版社
经 销 福建新华发行(集团)有限责任公司
社 址 福州市东水路 76 号 14 层
发 行 部 0591－87536797
印 刷 三河市兴博印务有限公司
厂 址 河北省廊坊市三河市杨庄镇大窝头村西
开 本 720 毫米×1000 毫米 1/16
字 数 100 千字
印 张 9 插页 2
版 次 2020 年 8 月第 1 版
印 次 2024 年 3 月第 3 次印刷
书 号 ISBN 978-7-5550-2333-3
定 价 48.00 元

如发现印装质量问题,请寄承印厂调换

吴可彦

1990年出生，2018年加入中国作家协会，中国盲协文学委员会委员。

出版长篇小说《星期八》《茶生》，短篇小说集《八度空间》，随笔集《文学的星空》；发表长篇小说《盲校》《复合世界》。文学作品获福建省长篇小说双年榜优秀作品奖、中篇小说双年榜优秀作品奖、短篇小说优秀文学榜优秀作品奖等奖项。

荣获"福建省自强模范""2021年度中国残疾人事业新闻人物"等荣誉，入选"漳州市文化拔尖人才"。

《地球少年》

福建省文艺发展专项资金项目。

入选海峡文艺出版社2020年"寒假读一本好书"活动书目。

入选中国残联"共享芬芳"赠书书目。

入选2021年漳州市教育局"暑假读一本好书"活动书目。

荣获"读吧！福建"第四届福建文学好书榜优秀图书奖。

"读吧！福建"
第四届福建文学好书榜优秀图书奖颁奖词

138亿年前，宇宙发生了大爆炸，地球由此产生，人类由此出现。这只是关于宇宙探索的一种说法，却被吴可彦拿来作为一部小说（《地球少年》）的背景。几个孩子出于好奇，出于美好的愿望，历经磨难，终于战胜重重困难，还人类一份自由，给地球一个美丽。作者或是想表达地球诞生的神奇曼妙，或是想叙说人类初心的自然天成，或是暗喻不断的战胜是前行的唯一希望。总之，一直喜欢用后现代主义手法创作的可彦，突然用浪漫的笔触，书写了一个充满诗意和温暖的童话，为福建文学创作奉上一部精彩的科幻作品。

代序

少年永远都是地球的希望

陈毅达

认识可彦，是因为他的长篇小说《星期八》。谁都知道每周只有7天，可在可彦的小说中，时间的长度完全与我们理解的不同了，"星期八"到底存在不存在，这对可彦来说其实已不重要，重要的是他想通过一种突出的象征和独特的表达，来实现他所想要的创作追求和文本效果。就这样，一个在创作上特立独行的文学青年，走入了我的视线里，让我印象十分深刻。后来，可彦又送来了他的另一部长篇小说《茶生》，这是一部让我感到更加难以读懂的作品，碎片化的情节和并不相关联的细节，让我阅读起来非常吃力，具有很强的解构主义色彩。虽然我最后在阅读上根本无法接受，但是，我不得不惊叹他特殊的创作才情。

不过，让我接受可彦，是因为我感到他写作态度的认真和追求的执着。从他的2部长篇小说中，我深深感到，虽然在可彦的笔下，有很多与我们常态的认知不尽一样的东西，有许多匪夷所思的妙思，有更多我们时常不太关注而确实又是具有重要意义的话题，且可彦还经常把这些要素放在作品里面，构成了一段段长篇的人物对话，常用这类话题对话的方式来推动他小说时空的发展与纵深。我明白他是在非常认真严肃地进行创作新文体的尝试，是凭着对文学表达的热爱，大胆地开展与众不同的创作追索。这种敢于尝试并努力创新的锐气，对一个年轻的作家来说相当难得。可彦在创作中有自己的想法，自己的表达，自己的追求，显现出了很大的创作可塑性和创作成长空间，天马行空式的无拘无束叙述，与大量抽象的探讨和哲学的思考形成了玄暗沉重文风，就这么奇怪地在可彦的笔下融合起来，结构成了可彦这两部晦涩难读的长篇。

　　我曾为自己如此年纪而无法进入和理解可彦所展现的小说世界自愧，又不得不被他作品中所表现出的突出的文学特质所吸引。我不得不佩服可彦年纪轻轻却拥有如此阅读的广度和思索的高度，强烈地感受到他与实际年龄完全不符的思想锋芒，感受他在叙述上现代主义写作实验的倾向。不论是作品结构还是语言表达，可彦似乎都带着后现代主义文学的深刻烙印，这些都让我深为诧异，又觉得他具有如此的创作追求是十分可期的。当然，更令我觉得可彦不同一般的是，虽然他努力地进行后现代主义实验文本创作尝试，但可彦的作品在内容上表现出了对中国优秀传统文化异乎寻常的维护、挚爱与推崇。创作形式上的先锋，并没有掩盖他笔下对中国优秀传统文化的了解、认识和爱护。我同时感到，他对中西文化十分尽力地兼容汲取，这让他的作品显得叙述上笔锋比较前卫，而在内容上却没有那种过于文化反叛的针尖刀芒，相反，他其实深深扎根在中国优秀传统文化的沃土里，只不过是在文学形式上想寻求一种他认为的可以更加当代的引人注目的表现而已。我不得不对可彦特别留心了，直观感到他是一个非常具有独特潜力和文化素质的创作人才。他因年轻而正处在创作的突围阶段，敢于如此猛烈地在小说创作中左攻右冲，说明可彦正在积极努力地想拼杀出一条自己创作的路子来。

　　最近，可彦又给我寄来了他的新作《地球少年》，并非常希望我为之作序。起初我心里挺忐忑的，担心自己又不能很好地理解他的作品，走进他的创作世界，有伤他的创作激情，有负他的文学信任。所以我就先放了一些时间，拖了一阵子才找了一个心态比较平和的时候，认真地读了一遍。非常开心，可彦的这部作品，这次却是很好读的。

　　首先，有比较完整的情节故事。4位地球少年，不甘于生活在小小的原球之中，因为好奇与简单的美好愿望，他们开启了一次惊心动魄而不计后果的大胆探险。凭借着稚气未改的执着追求和未被玷污的单纯理想，4位少年在神兽等助力下，敢于面对各种自然天灾的重大考验，经历了前进道路上的种种艰难磨砺，终于战胜了神秘的宇王，最终让人类从"原球"的拘押中解放出来，来到了地球开始了自由自在的生活，人类自此有了生机与幸福。可彦这次写的是个长篇儿童文学，可能是文体本身对他无形中形成了牢牢的制约，让他不得不一改过去文本晦涩的风格，不得不以平实、生动的叙述来展开情节和结构故事。同时，也一改过去作品主要人物比较孤独、幽暗的基调，4位少年的群体形象塑造得丰盈而光亮。

其次，作品的主题十分突出。虽然与众多美丽童话的终极主题一样，可彦这部作品最终的结局也是人类都过上美好幸福的生活。这看似是个中外许多童话的一贯美好主题，但是，可彦把故事发生的时间定位在138亿年前。这让人想起了宇宙大爆炸理论。根据宇宙大爆炸理论，在138亿年之前，所有的物质与能量都是以一个"奇点"的形式存在的，是经过剧烈的大爆炸之后，才出现了时间与空间，才产生了众多美妙的宇宙天体，包括我们生活的地球。当然，"奇点"在可彦的小说中就是小而窄的"原球"了，4位地球少年走出"原球"的探险经历，其实就是可彦暗示"大爆炸"对宇宙时空的重置和重塑了。由此，我们也可以看出，可彦的这部小说，应该是想通过童话的方式，来写他对宇宙产生、地球出现、人类生活的认识与理解。

第三，作品具有很强的象征意味。象征手法一直是可彦创作中比较喜欢和擅长运用的手法。在我看过的可彦所有作品中，几乎都大量使用象征主义，要么通过人物，要么通过事件，要么情节本身就是寓于象征之中。可彦常以象征的方式，来进行他所想要的表达。在《地球少年》里，4位少年最初只是萌发于少年的善良与好奇，但结果却又关系到了新时空秩序与人类新世界的创造。4位少年这次的勇敢和无畏的探险，可彦赋予了他们丰富的象征。给人类寻找到自由空间和光明生活，是4位少年简单的初心和蒙昽的理想。在历经千辛万苦的探求过程中，4位少年也有过害怕和恐惧，遇到了挫折与失败，产生了动摇和迷惑，可是在各种远古传说中的正面力量的帮助下，4位少年有惊无险地终于战胜邪恶，获得了成功，也给地球和人类生存带来了真实的梦想。如此伟大任务的完成，靠的就是这4位少年。少年永远都是地球和人类的希望，地球和人类的未来也都永远属于那些勇于追求和充满理想的少年。少年强，中国强。这也许是可彦更想表现的吧。

第四，可彦这次的叙述语言也有很大的改变。应该说，可彦的长篇作品，比较明显的不足是生活内容和人生经历的相对苍白，毕竟他年轻，而且自小因病失明，外在的生活世界对他来说相对陌生，但由此也造就他内心的世界又比常人更为丰富和细腻，感觉和感受更为特殊。从某种意义上讲，这更有利于他比较独特的文学创作，使可彦的小说叙述方式大多比较特别，在叙述的角度和语言表现上，有着鲜明的特点。可能又因是童话文本，写的是可彦有过的少年经历，加上可彦现在已成了爸爸，可彦在《地球少年》中，怪诞的冷语句基本没有了，黑色幽默的表达也没有了，冗长的辩论式话语也没有了，你读到是平和、亲切的比较童话的语言，充满了人间希望的暖意，洋溢着光明的诗性气息。

第五，《地球少年》是现代科幻童话文本，可彦这次在作品中又一如既往地展现了他对中国优秀传统文化的挚爱。在这部作品中，可彦展示了他对中国古代神话的熟稔，远古神话中的神兽灵禽等都被巧妙地结合故事，进行了运用。当今，随着科学技术的不断发展，尤其是科学研究的更多突破，我们对宇宙、地球、人类等诸多问题在深究之下，反而更加迷茫和不解。不少学者同时惊讶地发现，古代留传下来的许多神话中，似乎隐藏着神奇的密码，这些远古智慧的灵感，闪烁着人类记忆的遗传灵光。可彦在作品中加入了这些特殊的要素，作为童话作品，这对少年儿童在阅读作品过程中，也可从中汲取到中华伟大远古文化的知识滋养，不失为一次中国远古神话的科普，也不失为一次对我们先人优秀传承的再次深悟。

期待可彦创作出更多更好的作品。

2020 年 1 月 22 日于榕城

（作者系福建省文联党组成员、书记处书记、副主席，福建省作家协会主席）

·1·

20世纪初，天文学家利用特制的望远镜发现：不管往哪个方向看，星星们都在离我们远去，原来宇宙一直在不断地膨胀，像一个吹不破的气球一样不停地变大。那么，科学家们就要想了，宇宙膨胀以前是什么样子的呢？他们估测，大约100亿到200亿年前的某一刻，宇宙只是一个非常非常小的球，是一个密度无限的起点……

故事是怎么开始的？

这个问题我问过自己无数次，可那都是138亿年前发生的事了，是无比遥远的从前，那是我的童年，也是宇宙的童年。

在这一百多亿年的时间里，宇宙经过了漫长的演变，地球经历了一次次毁灭和一次次重生，最初的宇宙和现在的完全不同，比蝌蚪和青蛙的区别还大几千倍。当时我们住在一个球里面，这个球被命名为原球，原球就是宇宙的开端，宇宙的起点。

这个原球的大小比现在的一个小学校还小，我们的城堡又是原球里的一个小星球，就像一个石榴里有许多石榴籽一样，原球是石榴，而我们住在石榴籽里面，是不是和现在很不一样？现在的星球都是快乐地在宇宙中飞行的，这是我们原球大爆炸以后分散的结果，在大爆炸以前，星球们只能在原球里慢慢地滚动。

现在我们地球上的城堡都是大大的，还有高高的城墙，但是当时我们住在原球的时候，城堡其实就是一个小小的房间，而且连窗户都没有，城堡里的人挤在一起生活，所以我们非常团结。哦，对了，不过也有两个喜欢画"三八线"的女孩，那就是小希和欣欣，还有一个身高比我矮一点点的男孩名叫大恒。我们四个小朋友虽然经常吵架，却是最好的朋友。

我们的城堡没有春夏秋冬，没有太阳月亮，没有天空草地，天花板上挂着两个小灯泡，四个墙壁上有一些柜子，里面塞着许多画册。那些画册是小希的爷爷画的，他是城堡中最博学的人。

138 亿年前怎么会有灯泡？电灯不是后来爱迪生发明的吗？其实，现在地球上拥有的科技在宇宙开端之前就都有了，比如电和电灯。但是大多数东西在那个时代用不上，比如飞机和轮船，没有天空，飞机飞不了，没有江河湖海，轮船开不动。这些用不上的东西都没有生产，它们都只是设计理念。在 138 亿年这么漫长的时间里人们忘记了许多理念，也会偶尔想起一些。

当时的宇宙还没有出现时间，没有时间概念的话事情就都记混了，所以那时的我们记性都非常不好，只有小希的爷爷记得许多我们记不住的事。他说我们以前是生活在大花园里的，但是宇王不停地扩大自己的宫殿，最后把人们像装罐头一样赶进一个又一个城堡当中。

小希的爷爷有一个梦想，也是我们四个小朋友的梦想，那就是大家都回到花园里生活。

在宇宙发生大爆炸的那天我做了一个奇怪的梦，梦见自己在一个狭窄漆黑的管道里努力地爬着，爬呀爬呀，却怎么也爬不到头。这个时候一道亮光出现在头上，是有人开了一个小洞。洞口有一个小男孩的声音说："快从烟囱里出来吧。"

"烟囱是什么？"我不理解地问，那是我第一次听说烟囱这个东西。

"别管了，总之你现在在烟囱里面，快爬出来。"那个小男孩的声音很可爱，虽然看不见他，但是能感觉到他一定很善良。

"好啊。"我比之前更加努力地向上爬去，居然真的让脑袋钻出了管道，哦，是钻出了烟囱。可是我没看见小男孩，我看见的是一个无比广阔的深蓝色天空。

深蓝色天空无边无际，像一块巨大的蓝宝石，而我在蓝宝石里面，这是我第一次见到这么大的空间，我觉得它特别美。正在好好地欣赏呢，天空忽然没了。原来是我的梦醒了，我回到了小小的城堡。

"我觉得好闷啊。"耳边是大恒的声音，原来是这个家伙把我叫醒的。我继续装睡，他居然摇起我的肩膀念叨起来："好闷，好闷啊……"

我深吸一口气，被人从美梦里摇醒可真够郁闷的，不理他还不行。我没好气地说："大恒，你在说什么？"

"我说我觉得好闷。"大恒苦恼地说，"你终于醒了。"

"闷怎么了？睡着就好了，比如我本来不闷的，现在被你弄醒才闷的。"其实我很想骂大恒一顿，但是如果和他吵起来的话一定会闹醒大人，到时候我们两个就吃不了兜着走了。

"我睡不着啊，因为我发现城堡的门没锁，我想去看看外面的世界，去找那个美丽的大花园。晓易，我们一起去冒险怎么样？"大恒本来是哀求我陪他一起，可是话锋一转又变成了挑衅，"不敢去的不是男子汉大丈夫！"

"哦？去就去，怕什么！"想到梦里那片深蓝色的天空，我站了起来，对了，忘记说了，我们都是蹲着睡觉的，因为太挤了躺不下。

"晓易，你要干什么？"小希也醒了，她问。

"小声一点，别让大人知道了，我们两个准备去外面的世界冒险。"大恒压低声音神秘地说。

"我也要去！"小希兴奋地站了起来。我赶紧捂住她的嘴巴，因为她的声音还是太大了。

"我也要去，我也要去！"欣欣也听见了我们的声音，"你们怎么可以丢下我呢？"

"我觉得你们还是不要去的好，因为外面很危险的呀！"大恒对两个女孩说。

"哼，你们不让我们去，我们就要叫醒大人，看你们能不能出去得了。"小希坏坏地说。欣欣也奸诈地表示同意。

"好了，一起走吧，不要浪费时间了，我们要在大人睡醒之前回来呢。"我小声地说，其实我也觉得四个人一起出去比较好玩。我们偷偷地绕过地上一个个睡着的大人，轻轻地把小门推开了。

"哇，难道这就是传说中的花园吗？"大恒一边喊着一边跑下一段台阶。我赶紧把门关上，免得大恒的声音传进城堡。

台阶下是一片被围墙包围的空地，特别安静，几个黄色的灯泡非常漂亮，还能看到一些美丽的花草，空气中飘着清香。我们三个走到空地的中央，大恒则在周围跑了一圈。

"这应该只能叫作广场，不能叫花园。"小希说。

"为什么不让我们出来呢？有这么好的广场，应该每天出来做广播体操才好嘛。"欣欣奇怪地看着四周的美景，广场的四周还有许多通向其他城堡的楼梯。

"你们知道吗，这些白色的花朵叫作百合。"小希指着广场中央的花丛说，"我在画册看到过。"

"哇，这个名字真美，和这些花朵一样。"我惊奇地走到花丛前，小希说的那本画册我也看过，但是把那么美的花名给忘了。面前的百合花丛种在黄金花坛，纯白的花瓣在金光的照耀下美不胜收。花坛中央立着一尊白玉雕像，是两个人背靠背连在一起的形象。

"奇怪啊，我们的城堡呢？"欣欣惊恐地叫了一声，把我从陶醉中惊醒，我顺着欣欣的眼光看去，居然看到一堵墙！

"啊！我们的城堡不见了。"我吓得大叫，小希和大恒也惊呆了。

"怎么会这样，我们回不去了。"小希丧气地说。

"我想起来了。"我一拍大腿，非常懊恼，这么重要的事情我应该在出门之前就想起来才对，"我爸爸曾经告诉过我，说我们的城堡是一直在移动的，因为我们在一个球里面，我们的城堡是球里一个更小的球，小球总是在大球里到处乱滚，所以我们现在找不到自己的城堡了，我们的城堡，滚走了……"

我们四个忍不住坐在地上哭了起来，找不到家门的感觉令人绝望。

"其实，我们的运气还是不错的，刚好在我们出来的时候，我们的城堡连接了广场，所以我们来到一个美丽的地方，要是那时候连接了什么坏的脏的城堡，那我们就要和他们挤在一起了。"哭着哭着，我发现了这个道理，所以感到开心了一些。我把这个算不上多好的消息告诉他们三人后，他们也渐渐停止了哭泣。

"其实不用担心，通道是一直在变化的，说不定等一等我们的城堡还会连接到这里的。"小希擦掉眼泪说，她这个说法不一定有道理，却给了我们很大的希望。

"确实啊，就是不知道要等多久了。"我正说着，那堵墙不见了，换成了一道陌生的门，并不是通向我们的城堡。

"哎呀，看把你们给吓的，实在找不到门我们还可以找宇王的卫士帮忙啊，他们一定能找到我们的城堡的，大不了回家后被大人们骂一顿嘛。哈哈，我们还是继续去冒险吧！"大恒迅速擦掉眼泪，从地上跳了起来，好像已经一点都不烦恼了。

看着大恒活蹦乱跳的样子，我们终于振作了起来。大恒指着面前出现的一道新门说："我们就去这个城堡串串门吧。"

那道门油漆成红色，我们四人向那道门走去。大恒用手背敲了敲，听声音那道门是铁做的，只听门后面有人在抱怨："那帮卫士也太烦人了，不是刚走吗，又回来干什么？"

"小声点小声点，估计是另外一批卫士，别被他们听见了。"另一个人说着打开了铁门。

"你好。"大恒用清脆的声音问好。

"你好，你们是什么人，来干什么？"开门的叔叔警惕地看着我们。

"我们迷路了，请问，能到你们城堡里休息一下吗？"大恒找了一个不错的理由。

"不行，太挤了！你看你这么胖，而且你们有四个人。"那个叔叔说着就要把门关上。我往门里张望，看到的景象和我们的城堡一模一样。

"哎呀，看来根本就没办法冒险啊，估计所有的城堡都挤满了。"面前的门被关上，大恒失望地说。

"你没看到他们城堡里面吗？和我们城堡完全一样，根本就没什么好冒险的。"我丧气地坐在台阶上，抬头看着广场上的天花板，"大恒，你不是说可以找卫士送我们回家吗，你说说看，我们上哪找卫士去？"

"哦？"大恒为难地摸着后脑勺。

"而且我觉得大家都不喜欢宇王的卫士，听爷爷说，卫士经常到别人的城堡里抢东西。"小希担忧地说，也坐在我身边的台阶上。

"完了完了，说到底我们还是回不去啊。"欣欣又开始抽泣，"大恒，都是你的错，说什么出来冒险，冒什么险！"

"哼！"大恒生气地瞪圆了眼睛，我估计他要说本来是不让你欣欣一起出来的，是欣欣你自己硬要跟着，不过他居然忍住了。他知道那样说的话就太伤人了，于是他又大声地"哼"了一下，转身走远。

"大恒，你要去哪，别走丢了。"我对着大恒的背影喊，他居然自己走到一个向下的台阶前。所有的城堡又做了一次变动，大恒的台阶前出现了一个黑乎乎的洞。

·2·

那个黑色的洞口比一般的门都小，我们小孩都要弯腰才能进得去，怎么看都觉得那个洞口怪怪的，说不定洞里住的不是人，而是什么野兽。

"晓易，小希，你们快来啊。"大恒兴奋地喊。

不用大恒叫唤，我已经起身向他跑去。主要是怕他自己钻进洞里。我很快就把广场跑了一半，到大恒身边说："我觉得这个洞还是别进去了吧，万一里面有老虎就不好了。"

"老虎是什么？"平时不读书的大恒好奇地问。

"画册上说，老虎是一种很凶猛的野兽，它的爪子很锋利，人被抓一下就完蛋了。"我看了看那个有点恐怖的洞口说，"还有啊，老虎喜欢吃人。"

"哈哈哈。"大恒居然笑了，"你就喜欢编故事吓我，我读书少，你就成天骗我。"

"没有啊，我没骗你的。"我有些心虚地说，"至少这次没骗你。"

"哼,你当然没骗我,你说的是这里面说不定有老虎,到时候如果没有老虎,你就说你又没说一定有老虎。"大恒拍了拍我肩膀说,"我们不要再等了,别让这么好玩的洞跑了。"

"大恒,你怎么不叫欣欣过来?"小希在身后责备地说。

我们回头看欣欣,只见她孤单地站在原地,脸上还挂着泪珠。

"哎呀,对不起、对不起。"大恒跑去拉起欣欣的手,他以前惹欣欣生气是从来不道歉的,这次却把"对不起"说得像连珠炮,"欣欣,我们赶紧走吧。"

欣欣居然一下子就原谅了大恒,她的嘴角还有了笑容,估计之前从来没见大恒道歉得这么干脆,可是她难道没发现大恒是有目的的吗?那就是拉她去这么危险的洞里冒险。

大恒和欣欣一起钻进洞里,我转头看身后的小希。她耸了耸肩说:"我们也进去吧,别和他们走散了。"

"好吧。"我弯腰钻过洞口,身后的小希也低下头,她的长发散落在半空。就在这个时候洞口开始移动了,小希的一只脚刚刚踏入洞里。我怕她丢在洞外,慌张地拉住了她的长发。

"你干什么呀,好痛啊。"小希责备地说,踉跄一下跳进洞里。

"哦……对不起。"我赶紧把手松开,洞里刚刚还能从外面透进一点光,现在一点光亮都没有,也许移动过后连接了一堵墙壁吧。我完全看不见小希,能听见她说话就放心了。

"晓易,小希,你们两个快点啊,我这边看到亮光了。"大恒的声音从洞穴的深处传来,他们居然已经钻得那么远了。

"你慢点啊,等我们一下,啊……"我一着急加快了脚步,结果头因为抬得太高撞到了洞顶的石头。

"晓易,你没事吧。"小希在我身后问,她的声音是关切的,可是却往我的屁股上又狠狠地踹了一脚。

"啊。"我惨叫着趴倒在地,"小希,你踹我干什么?"

"我没踹你呀。"小希蹲在我身边,要把我扶起来。

"不是你踹我还能是谁?"我把小希的手推开,不让她扶。

"哼,难道我像你和大恒一样无聊,喜欢恶作剧吗?"小希不高兴地说。

确实,刚才踹我屁股的那一脚非常用力,不可能是小希,但是大恒和欣欣都在前面,更不可能是他们,难道,这黑乎乎的洞里还有第五个人?

"哈哈哈……"我们周围传来一片嘲笑声,嚓的一声有人划亮火石,几支火把被点燃。我终于看到身边包围着一群宇王的卫士。

"利特,干得好啊,一脚就把这小子踹飞了。"一个高大的卫士说。

"哈哈,还好啦。"我身后站着一个和我差不多高的男孩,他身上穿着卫士的小号制服,叫利特的就是他。

"叔叔,我们迷路了,你们是宇王的卫士,能不能送我们回家?"小希把我扶起来,站在我身边礼貌地说。

"哈哈哈……"卫士好像听到了一个天大的笑话,"送你们回家?你以为这宇王宫是想来就来,想走就走的吗?"

"宇王宫?"小希困惑地问。

"是啊,你们擅自闯入禁地,现在要逮捕你们!"说着那个卫士抖出一条绳索,他身边的几个卫士也掏出绳索向我和小希走来。

"别……别抓我，我们是好孩子。"我向后退了一步，结果屁股又被那个小卫士踹了一脚，我向前跟跄了几步，虽然没有摔倒，还是引起周围那帮卫士的一阵嘲笑。

"哈哈哈……"他们的笑声还没停止，附近传来一声野兽的吼叫，吼声在周围像一阵狂风嗡嗡作响。那帮卫士的表情全变了，脸绷得紧紧的，恐惧的眼睛瞪得圆圆的。

"这……这是什么声音？"站在我身后的小卫士惊恐地问。

"好像是白虎……"卫士还没说完，又一声怒吼传来，声音就在我们身边，听得我头皮发麻。

"快跑啊！"不知道是哪一个卫士喊了一句，那些卫士丢下我们往左边的通道跑去。我看到通道里还有无数的小门，也许这宇王宫里有无数的通道，是一座迷宫。

卫士们很快就没了踪影，他们逃跑的时候落下了一个火把。借着火光，我看到自己的面前有两条毛茸茸的腿，抬头一看差点吓死，一张圆圆的虎脸正俯视着我。

"哈哈哈。"就在我双腿发软想跑又跑不动的时候，大恒的笑声让我从噩梦中清醒了一些。只听大恒说："晓易，你猜得真准啊，这洞里果然有老虎，刚才他们是不是叫它白老虎来着？"

"是叫它白虎，大恒，你是怎么骑上白虎的，刚才是白虎救了我们呀，我们差点就被那群坏人抓走了。"小希松了一口气说。

大恒的屁股在虎背上一蹦一蹦的，白虎用长长的尾巴轻轻地拍了拍他的肩膀，感觉他们已经是老朋友了。大恒说："我看到白虎的时候它正趴着，所以我就爬上来啦，白虎很好的呀，没想到那些卫士会这么怕它。"

·3·

欣欣也不怕白虎，她抱住白虎的后腿往上爬，可是爬到一半掉了下来。我看到她手里抓下一大把白里带黑的虎毛，担心地看了看白虎的脸，被拔下虎毛应该很痛的吧。

白虎居然一点也没生气，反而趴在地上，意思是欢迎欣欣坐到它背上。欣欣一点不客气，手脚并用爬上白虎的后背。后背很宽敞。大恒用力拍了拍空位说："你们两个也上来呀。"

我和小希对看了一眼，我们曾经在画册上看过老虎，说老虎是一种危险的动物，可是眼前的景象似乎证明画册是错的。

"你先上，应该没事的，白虎和一般的老虎不一样。"小希不怀好意地微笑。她知道我害怕，还把我往白虎身边推了一把。

没办法，事到如今，不能在他们面前显出自己胆小，我把手往白虎屁股上一搭，却像被烫到一样缩了回来。

"晓易，你怎么了？"欣欣在上面问。

"没什么没什么，白虎身上好热啊。"我苦笑着说，鼓起勇气用力一跳，直接翻上了虎背。

"晓易，身手不错啊。"大恒说，不知道是夸奖还是讽刺呢。

小希冷静多了，她像欣欣一样抓着虎毛向上爬，很快也坐在我的身后。待我们四人坐稳，白虎起身向前慢跑，它走的是一条宽敞的大道，大道两边有橘红色路灯。刚才大恒说看到了亮光，应该就是走到了大道的附近。

"这宇王宫好大啊！"我忍不住赞叹，"这条通道就比我们的城堡大了不知道多少倍啦。"

"是啊，我爷爷说，宇王把大家赶进一个一个小城堡，就是为了让他自己住大大的宫殿。"小希不满地说。

"宇王宫这么空，为什么不让大家都住进来呢？"欣欣十分困惑，"好浪费地方呀。"

"哎呀，一条通道就把你们几个惊呆了，要是我们真的找到了大花园的话，你们不是要吓傻了吗？真是没见过世面啊。"大恒一副见多识广的样子。

"别管那些了，你们看这些浮雕多漂亮。"我指着墙壁说。大道两边刻着许多浮雕，浮雕上有各种动物和植物的形象，有的动物头上长角，有的动物脖子很长，绝大多数的动物都是我在画册上没见过的。

"长见识了吧？"大恒得意地说，就好像这些浮雕是他刻出来的一样，"所以，跟着我进来冒险很值得吧。"

"值得值得。"我绕过欣欣捶了大恒一拳，"等我们安全回家以后你再慢慢得意吧。"

"哎呀，现在先别提回家的事啦，出来冒险就要好好玩，别扫兴。"大恒责怪地说。话音刚落，白虎忽然停下了脚步，它挺着头，很警惕的样子。我们四个也不敢说话了，周围一片寂静。

"呼呼……"不远处传来奇怪的声音，似乎还带着风。白虎后背一晃，然后趴在地上。

"我们快下来！"小希最先明白白虎的意思，她正好坐在最后面，立刻滑到地上。等大恒最后一个下来，白虎的对手正好从侧面的通道钻出。

"这是什么东西？"我吃惊地看着对面的动物，这是我从来没见过的形象，它的头倒有点像骆驼，身子长长的像蟒蛇，张开嘴露出锋利的牙齿，看起来也是一头不得了的猛兽。

"吼……"白虎毫不示弱地怒吼一声，做出要和对面来客决斗的姿势。

"哈哈哈……"熟悉的笑声又在附近响起，原来是那帮卫士躲在侧面的小通道，他们探出头来看好戏。他们对着新来的大动物喊："青龙，加油，把白虎赶走！"

看来不速之客名叫青龙，它瞪了那帮卫士一眼，把他们的脑袋都吓回了小门里。青龙并不喜欢那帮坏蛋，也非常不喜欢白虎。

"呼……"青龙首先发动进攻，白虎敏捷地躲过，并且反击打了青龙的脖子一掌。青龙摔在墙上，撞坏了两个路灯，路灯咣当咣当掉在地上。

"好危险啊。"我对他们三个喊，青龙撞上的墙壁就在我们对面，它要是换个方向撞上我们可就麻烦了，"我们也躲起来吧。"

"没错。"小希钻入最近的一个小门，我和大恒紧随其后，小门里面是一个城堡，比我们的城堡还大一些。令人吃惊的是，城堡里坐着两个小孩，一个男孩一个女孩，他们面对面坐着一动不动，对我们的出现完全没有在意。

"别打了，别打了！"听见欣欣在外面的叫声，我这才发现欣欣没有和我们一起进来。

我探头去看小门外的大道，只见青龙用它长长的身子缠住了白虎，白虎的脖子被勒住了，痛苦地张着嘴巴，两条前腿不能动，两条后腿在半空挣扎着，完全没有反击的能力。

"哈哈哈哈……"那帮卫士又笑了，"白虎啊，你这下是没命啦！"

"啊……"大恒大叫一声，原来他已经冲出去了，捡起地上的路灯，用力扔在青龙的头上，两个路灯虽然狠狠地击中了青龙的脑袋，可是它丝毫不受影响。

"别打了，别打了。"欣欣哭喊着向白虎和青龙跑去。我追上去想抓住她，可是她已经扑到了青龙的身上。

"完蛋了。"我绝望地闭上双眼，仰头哀叹，"欣欣啊，你怎么这么傻啊。"

"别打了，别打了。"欣欣还在说着话，看来青龙并没有一口咬断她的脖子。我睁开眼睛，看见欣欣正拍着青龙的背，白虎忽然大口地喘气，原来是青龙的身子放开了白虎。

"成功了，欣欣成功了。"小希在我身后兴奋地拍手，"白虎没事了。"

只见白虎翻了个身趴在地上，它身上有几处伤口在流血，不过应该没有大问题。

青龙掉了许多鳞片在地上，也受了一些伤，闭上嘴巴的青龙看起来还是挺可爱的，此时它正把头靠在欣欣的身上，它的脑袋就跟欣欣一般高。欣欣摸着它的脸，青龙发出吱吱的怪声，可能它正在开心地笑吧。

"哎，哈哈。"我松了一口气。大恒已经跑到白虎身边，他们也亲热着。我对身边的小希说："看来这些猛兽还是很喜欢我们小朋友的嘛。"

"那不是猛兽，是神兽。"有一个男孩的声音传来，不知道是谁在跟我说话。我环视四周，那帮卫士早就灰溜溜跑没影了，大道上只有我们四个和青龙、白虎。

"请你们重新进来吧，我有点事情和你们商量。"那个男孩的声音继续说。

"重新……"我想起来了，刚才那个城堡里有一个男孩和一个女孩，当时他们完全没理我们，现在是那个男孩在邀请我们。

我转身就往小门里走，小希也和我一起进了城堡，大恒和欣欣在大道上陪着神兽。

"你好。"我走到那两个小朋友身边。他们依然面对面坐着，男孩穿着黑色长袍，女孩穿着白色长裙。他们之所以面对面坐着是因为他们在下棋，穿黑衣服的男孩用的是白色的棋子，穿白衣服的女孩则用黑色的棋子，他们摆出的棋子居然都飘在半空，根本就没有棋盘。

"你们好。"男孩略微抬头看着我说，"这是我妹妹，我叫阳，她叫阴，我们两个是时间少年。"

"时间，是什么？"那是我第一次听到"时间"这个词。

"时间这个东西很难解释，而且时间还没开始呢，等开始以后你就知道时间是什么了。"少年说。他的口气很诚恳，不过我还是觉得他是在卖关子。

"哦。"我不想和他讨论时间是什么，既然时间还没开始，何必管它呢？我指了指半空的棋子说："你们怎么能这么下棋呢？"

"我们其实不是下棋，我们是在制定宇宙的规则，如果规则成立，下出的棋子就不会落下。"少年拿了一个白子放入棋局，结果他一松手棋子就掉在了地上摔成粉末。

"好神奇啊。"小希在一边惊叹。

"也没什么神奇的，我现在很头痛，因为我和妹妹已经找不到新的规则了，也许这就是极致，可这是一个明显不完美的极致。"少年从黑长袍的大口袋里掏出了一个容器，看着我说，"我手里这个东西就是时间的开关，我和妹妹都不能走路，要时间开始以后才能走，所以，想让你们帮个忙，让时间开始。"

我接过少年手里的"时间开关"，这个容器两边大中间小，就像两个三角形连接在一起。一个三角形里装满了沙子，另一个三角形里是空的，装满沙子的一边画着三条横杠，空的那边虽然也画着三条横杠，不过那三条的中间是断开的。

"我们要怎么帮忙呢？"我疑惑地问。

"这么说，你已经答应我了？"叫阳的少年脸上第一次有了笑容。

"如果不是太难的话，我很乐意帮忙的。"我回答。

"别帮他。"叫阴的女孩第一次和我们说话，她的脸上写满了苦恼，"哥哥，这宇宙的规则明明就还有问题，贸然开始的话，后果不堪设想。"

"不，应该开始了，现在不开始，以后可能就没有机会了。这次五行少年来到我们城堡，他们能驯服神兽，有神兽的帮助，时间才可能开始。"少年又转头看我，"别听我妹妹的，她叫做阴，她的作用就是拖后腿，让一切都受节制，如果都听她的，那就什么都别干了。"

"请问一下，五行少年是什么，怎么感觉好像和我们有点关系呀？"我疑惑地问。

"当然有关系，我告诉你'五行'是什么，你就答应帮助我，好不好？"少年恳求地看着我。

"好。"我点了点头。

"五行就是金、木、水、火、土五种属性，分别代表不同类型的能量，没有能量的话，宇宙将一动不动。五行少年自己虽然没多少能量，但是可以驯服和自己同种属性的神兽，能驯服青龙的那位是木，能驯服白虎的那位是金。"少年说。

"那么欣欣就是木，大恒就是金。"小希说。

"那我和小希是什么？"我问。

"现在还不能完全确定，不过据我推测，你属水，而她属土。"少年说，"属水的神兽可能在很深的水底，属土的神兽有可能是熊。"

小希伸出手，数了四个手指，然后说："那么还有一个火呢？"

"不知道。"少年回答。

"你对他的答案满意吗？"小希问我。

"哦？还可以啊。"我感觉这个叫阳的少年确实没回答清楚，特别是他不知道那个"火"是谁，但是我挺想帮助这两个时间少年的，毕竟他们两个坐在这里不能动一定很难受，只有时间开始他们才能获得自由。

"那你愿意帮助我是吗？"少年焦急地看着我。

"是的，告诉我，怎么帮？"我爽快地说。

"太好了。"少年拍了一下手，从黑色长袍的另一个口袋里掏出一张地图，指着一个白色圆圈说，"我们现在在这里。"

我看到那个白色圆圈所在的位置叫"时间城堡"，少年又指着旁边一个红色圆圈说："这是你要去的地方。"

红色圆圈所在的位置名叫"光海"，从地图上看，这两个圆圈的距离并不远。我问："这光海也是在宇王宫里面的吗？"

"是的，宇王掌管空间，他用武力建起他的宫殿，把光海和时间城堡都包括在宫殿里面，但是他对'时间'一无所知，其实宇宙不仅有掌控空间的宇王，还有掌控时间的宙王。"少年的声音有些颤抖地说。

"掌控时间的宙王在哪里？"小希好奇地问。

"在……在哪里？我……我也不知道，光海可以让他出现。"少年的心情十分激动，话都说不清楚了。

"那我们到光海之后应该做什么？"我问。

"在光海有一头叫阿努的神犬，你们要让白虎把它拖住，注意不要让它看见'时间开关'，被它一看，开关就会坏掉。你要让'时间开关'泡入光海，被光一照，时间马上开始。最重要的是，时间开始后，你要在三十六秒之内返回这里，让我妹妹把时间暂停。"

·4·

时间是玩棋的小孩，时间王国是孩子的王国。

——《赫拉克利特著作残篇》（古希腊）

"好复杂啊。"我头痛地说，"对了，三十六秒又是什么东西？"

叫阳的少年举起手连续甩了两下说："这样就是一秒了。"

"甩两下是一秒是吗？"我也甩了甩自己的手，"那么，三十六秒就是……就是甩七十二下，是吗？"

"没错，你的算术非常好，总之就是在时间开始后尽可能快地返回这里。"少年坚定地说。这时候我却看见那个叫阴的少女脸上划过两行泪水。

"你妹妹很难过，这件事……这件事会不会真的不太好啊？"我犹豫地说，有点不想帮忙了。

"别管她，我告诉你时间开始后有什么好处吧，到时候我们的原球就会变得很大，它会膨胀，比现在大几万倍，这样一来，我们的活动就不受限制了，我们将会自由自在地生活。"少年振奋地说，"那是一个多么美好的世界啊，城堡们不会挤在一起滚动，城堡里的人们不需要挤在一起生活。"

"可是……可是。"少女担忧地说，"我认为你们在三十六秒之内肯定回不来，如果不能在三十六秒内把时间开关暂停，宇宙就会大爆炸，我们的原球就……"

少年把一颗白色的棋子放入棋局，新来的白色棋子没有落下，反而是三颗黑色棋子直接变成粉末消失在半空。少女看着棋局不再说话，她低下头，长发盖住脸。

"好了，我妹妹同意了。"少年微笑着说。

"真的同意了吗？"我困惑地看着他们，不知道那个棋局发生了什么。

"同意了。"少女轻轻地点头。

"等等，你不是对你妹妹施了什么魔法吧。"小希怀疑地问。

"没有啊，哪里有什么魔法。"少年摆着手一脸无辜，"而且我妹妹本来就只是担心你们在三十六秒内回不来，其实时间是很够的，你们的青龙速度是最快的。"

"对了，要是真回不来的话，不要怪我们哦。"我还是有点担心地说。

"没事的，就算宇宙大爆炸也没什么不好的，当然，最好还是别让它爆炸，总之，你们完全不用担心，无论爆炸还是不爆炸，宇宙都会变得更好，你们做的都是好事。"少年一脸轻松地说。看他这么有信心，我也放心了不少。

我把时间开关塞进上衣口袋，最后看了一遍地图，把地图卷起来也塞进口袋，对少年说："那我们去了。"

"好，时间就拜托给你们了。"少年把右手搭在自己的左肩上，好像是在对我行礼。我点了点头，转身和小希走出了城堡。

"晓易，我们为什么要帮那个人，我觉得他肯定是对他妹妹施了什么魔法。"一出城堡小希就在我耳边小声地说。我看到大恒和欣欣一起坐在青龙的背上，他们把青龙的脑袋推向白虎的脸，要让两只神兽亲密接触。

"小希，帮助他们对我们是有好处的，而且他们两个坐在那里一直不能动，肯定很难受，怎么能不帮他们呢。"我说着对大恒挥手，"你们两个先别玩了，有事情和你们说。"

"来，来，上来说。"大恒兴奋地对我招手，拍了拍青龙的后背。这次我没有害怕，而且青龙的后背更低也更宽敞，我和小希很容易就爬了上去。

"大恒，欣欣，有一个办法能找到我们的城堡。"我说。

"什么办法？"大恒好奇地问。

"你看这个东西。"我故作神秘地掏出时间开关。

"这不是沙漏吗？"大恒一点也不惊讶。

"你见过？"我惊讶地问。

"是啊，我爸就有一个，不过比这个小，其实就是个玩具。"大恒笑着说。

"好啊，大恒，有玩具不跟我们分享，藏在你爸那里偷偷地玩。"我责怪地说。

"哈哈哈。"大恒不好意思地笑着，"哎呀哎呀，一不小心说漏嘴了，对了，你还是说正事吧，怎么找到我们的城堡。"

　　"这个是时间开关，非常神奇，只要把它泡进光海，时间就会启动，原球会膨胀，所有的城堡将会分开，就不会挤在一起滚动了，这样一来，我们的城堡就好找多了。"我得意地说，看了看小希，发现她正赞许地看着我。

　　"不错啊，有点道理，我们之所以找不到城堡，就是因为它们都挤在一起了，我们要等城堡滚到我们面前才能进得去。"大恒把手一拍兴奋地说，"把所有的城堡分开，我们骑着青龙、白虎找家门就可以了，妙啊，妙！"

　　"那我们出发吧。"我把地图拿出来给大恒和欣欣看，欣欣抓住青龙的大角，拍拍它的脖子。青龙身子一抖腾空向前飞去，白虎也跟在我们的身后。

·5·

有实而无乎处者（空间），宇也；有长而无本剽者（时间），
宙也。

——《庄子》

青龙一腾空我就开始甩手，想知道我们能不能在甩手七十二次之
前到光海，现在的青龙只是在散步，毕竟这中间要拐三个弯，飞得太
快的话说不定会撞墙。

"欣欣，你知道怎么让青龙加速吗？我们等一下要用最快的速度
回去。"我对欣欣说。

"着急什么呀，加速很危险的，还有啊，你手一直甩是想干吗？"
欣欣一点也不合作的样子，没好气地对我说。

"哎呀，这个解释起来很复杂啊，说了你也不懂，总之，我们等
一下要用最快的速度把那个沙漏还回去，要在时间开始后的三十六秒
之内还回去，我甩手两次就是一秒，看到了吗？就是这样。"我把手

在欣欣面前甩着。

欣欣忽然一掌拍来，拍得我的手腕好痛。她说："有什么复杂的，还怕我不懂，你总是小看我，我虽然没有小希聪明，但至少还比你聪明好吗。"

"哈哈，是是。"这个时候可不能跟欣欣争辩，我说，"那你现在让青龙加速看看，我们练习一下。"

"这有什么难的。"欣欣非常自信地说，"青龙最听我话了，是吧，青龙，我们加速！"

欣欣说到，青龙做到，青龙又抖了一下身子，速度立刻提了三倍，大道两边的浮雕和路灯刷刷地向后飞去，模糊成一片灯海。我往后看了一眼，担心白虎掉队，没想到它健步如飞依然跟得很紧。

青龙转弯的时候非常惊险，我们一不小心就会被甩到墙上，我们紧紧抓着它的鳞片。我已经忘记甩手计数的事了，不过似乎并不需要计数，因为才一眨眼的工夫，已经钻入一道高高的拱门，停在光海的面前。

"确实很快。"我满意地说。

"好美啊。"他们三个对速度一点也不关心，只顾着看光海的风景。

这光海确实美不胜收，它由无数的三角形组成，每块三角形的颜色和大小都不太一样，整个光海像一片七彩的飘带在地上翻动着。四周是弧形的玻璃墙，墙上同样闪耀着光芒，顶上也有一片七彩的飘带。我们就像钻进了水晶球，一个绚烂无比的水晶球。

"不行了，我眼花了。"小希闭上眼睛说，"你们也别看了。"

我想闭上眼睛，可是眼睛不听使唤，它们舍不得这么美的光海，直到所有的颜色混成一团我才终于把它们闭上。

"还好，休息一下就好了。"小希重新睁开眼睛说，"我们赶紧吧，在这里待久了眼睛会坏掉的。"

我睁开眼睛，光海的各种颜色又在我眼中分开了。欣欣推了青龙一把，它领会地向地上的光海飞去，我把手伸进口袋，准备掏出沙漏泡入光的"飘带"。

"汪汪！"忽然传来两声狗叫，青龙立刻掉头，飞到入口处才转身。只见一头黑色的大狗蹲在光海的前面，看起来就像"飘带"破了一个黑洞。

"汪汪！"大黑狗又叫了两声，我能感觉到青龙在发抖。我想起来了，叫阳的时间少年说光海这边会有一头名叫阿努的神犬，白虎能把神犬拖住，然后青龙就可以把它绕过。我用视线四处寻找白虎，那家伙居然已经跑没影了。

"这条狗有那么厉害吗？"大恒也发现他的白虎不见了。他大声地叫了两声白虎，白虎才从入口边小心地探出个头，恐惧地眨着眼，像一只受惊的猫。

神犬蹲着一动不动，它的目光十分威严，那个叫阳的少年说时间开关被神犬的目光一看就会坏掉。我原本不太相信，但是亲眼见过神犬之后我就信了，摸了摸口袋里的时间开关，庆幸刚才没掏出来。

"白虎，上！"大恒像一个将军对白虎发号施令，结果白虎探出的脑袋又一下子消失了。

"怎么会这样。"大恒生气地说，"作为一头老虎，居然怕一条狗！"

"面前这个家伙是神犬阿努，专门看守光海的，不是一般的狗。"我苦恼地说。

"晓易，我觉得我们应该和这个神犬交朋友，就像和青龙、白虎交朋友一样。"欣欣微笑着说，并且已经准备跳下青龙的背。

"等等。"我把欣欣拦住，"我觉得这个家伙跟我们合不来，如果神犬可以被我们驯服的话，时间少年一定会告诉我的。"

"没错。"小希赞同我的观点，"但是现在我们怎么办，根本过不去啊。"

"哎呀，笨死你们了。"这个时候大恒忽然笑了，他指着顶上的"飘带"说，"你们看，那上面也有光海，我们去找上面那个，要知道，我们的青龙是会飞的，而那条狗肯定没这个本事。"

"哇，好主意！"我们三人异口同声地喊，大恒笑得更得意了。

欣欣扶着青龙的脖子让它抬头，指了指顶上的光海，青龙领会地起飞，神犬阿努蹲在地上又汪汪两声。青龙一听犬吠又惊恐地在空中转了一圈，不过它也知道神犬根本上不来，于是继续向上飞去。

"要成功了。"大恒兴奋地喊，强光照得人几乎睁不开眼，青龙在空中停住，我掏出时间开关，奋力把眼睛睁开，居然看到"飘带"上映出青龙的大头，还有我们四人的脸。我把时间开关往"飘带"上伸去，听见啪的一声。

"这是一个镜子！"小希失望地说。

"镜子？镜子是什么？"大恒非常困惑，用手掌往"飘带"上拍了拍，听见清脆的响声。

"镜子可以映出下面光海的样子，就像现在它也映出我们的脸一样，镜子里的东西是假的，只是影子。"小希解释说。她又忽然尖叫一声："快！快走，你看，时间开关已经启动了！"

"真的吗，这不是镜子吗，镜子里是假的光海呀，时间怎么会启动呢？"我怀疑地看着时间开关，只见确实有沙子在往空的一头流动。

"别管那么多了，快走吧。"欣欣说着拍拍青龙的脑袋，青龙往下俯冲，我最后看了一眼神犬，只见它歪着头咧开嘴，似乎是在笑。

我们冲出水晶球，发现原先的大道已经变成一个广阔的平原，刚才我们在镜子前耽误了一些时间，原球已经膨胀了，还好青龙的速度在这广阔的世界可以加到最快，但是地图没有用了，我们只能任凭青龙去飞，希望它知道回去的路。

遗憾的是，青龙忽然在空中转了一个圈，然后停在半空左右张望，它迷路了。

"完了。"小希摇了摇头，"那个叫阴的少女说的没错，我们肯定是回不去的。"

"吼……"这个时候地面传来白虎的叫声，那声音是希望，是召唤，虽然看不见白虎的身影，但是可以判断它所在的方向。青龙一抖身子往白虎的方向飞去，我们直接越过一道高墙，白虎在那里，两个时间少年就站在白虎的身边。

"太好了！"我激动得差点流出泪水，青龙很快降落。我把时间开关递给叫阴的少女，她看了一眼，震惊地张开了嘴巴。

"怎么了？"叫阳的少年看着时间开关着急地说，"还有时间啊，快暂停。"

"暂停不了。"少女颤抖着声音说，"因为这时间不是光海启动的。"

"不是光海？"少年看向我，"那是怎么启动的？"

"是……是镜子。"我抱歉地说，"光海的上面有一个镜子，因为……因为神犬太厉害了，所以……"

少年闭上眼睛吸了一口气，看他脸上的表情我意识到局面已经不能挽回。

"如果现在有镜子，我可以把它暂停。"少女晃了晃时间开关说，"但是你看，时间沙已经全部过来这边了。"

少年睁开眼叹了口气："哎，宇宙大爆炸虽然是一场噩梦，但也是有好处的吧，至少能让人们从宇王修建的监狱里逃脱，让我们面对挑战吧！"

"轰隆、轰隆、轰隆……"整个世界开始激烈地震动，又忽然一声巨响，"轰……"

……

我被掀到一个广阔无边的梦中，什么也不知道了……

也许是过了很久，也许只过了一个瞬间，我从昏迷中醒来，茫然地看着四周的黑暗。

"这里是哪里？风好大呀！"我震惊地感叹，天空中有许多闪烁的亮光，可是那些亮光很小很小，好像离我很远的灯，基本没有照明的效果。

那些闪烁的小灯离我有多远呢？它们离我多远，屋顶就离我多远，我忽然觉得好可怕，四周的黑暗太大了，闪烁的亮光太小了，只有风在呼呼地吹。

"晓易，是你醒了吗？"我听见了小希的声音。

"啊！是我，是我。"我激动地向声音传来的方向跑去。

"小希，晓易。"大恒的呼唤也从不远处传来，可是周围太黑了，我看不见他。

"啊!"我撞到了一个人,"是谁?"

"是我。"小希说,她声音沙哑,好像刚刚哭过。

"小希,你还好吗?"我担忧地问。

"我身上没事,但是我们完了,爸爸、妈妈在哪里?爷爷、奶奶在哪里?我感觉再也见不到他们了。"说着小希哭出了声音。

"哇,哇!"欣欣也在不远处哭了起来,听到她的哭声我反而放心了,说明我们没有分散。

"你们有谁知道现在是怎么回事吗,为什么风这么大,为什么周围这么黑?"我问。

"我们的原球炸成了碎片,原来的一粒沙子,现在成了一个星球。"小希说。

"小希,你怎么知道这个?"大恒也来到了我们身边,"我当时嗡的一下好像晕倒了,刚才回忆了一下,才想起来我们去找过一个什么光海,结果不知道怎么回事就炸了。"

"宇宙爆炸的时候,这些都是可以看到的呀,'轰'的一声之后,我看着一粒粒沙子变大,无法形容的大,好多好多,从我们身边擦过,太可怕了,就像一个人一直不停地吹泡泡,还是一口气一直吹,吹出无数的泡泡。"小希说。我听得目瞪口呆。

"可是我什么也没看到。"大恒失望地说。

"我也是。"我说,"我晕倒了,小希,你居然能一直醒着。"

"哈哈,还是我们女孩厉害哦,我可是看到的哦。"欣欣兴奋地喊,她已经不哭了。

"那时候不是很黑的吗？怎么看到那么多星球呢？"我惊奇地问欣欣。

"这个嘛，这个嘛，呵呵，反正就是看得到呀。"欣欣支支吾吾的，她吹牛皮被戳破的时候都是这种反应。

"不，那个时候特别亮，到处都是火焰，许多星球都是一个火球，没有火焰的星球是少数，大家都是被爆炸炸出来的，所以会有很多火，非常可怕的火，我看到很多人被烧死了，很多东西被烧没了。有一个火球就从我们头上飞过去，要是它撞上了我们，我们也要烧死了。你看那些天上的亮光，它们就是还在燃烧的火球，可不是什么小灯，还在到处乱飞，非常危险的火球。"小希声音颤抖地说着，我想象着当时的情景，真的太可怕了。

"哇，哇！"欣欣忽然大声地哭了起来，吓了我一跳。

"欣欣，你怎么了？"大恒问。

"我妈妈，我爸爸，他们在哪里呢？他们的星球，会不会被火球撞上呢？哇，哇，妈妈……"欣欣的哭声更大声了。

接着，大恒也哭了，接着，小希也哭了，接着，我也哭了，我们是四个孤儿。我们找不到我们的爸爸妈妈，这个世界这么大，比我们原来的世界大得太多了，大得这么可怕，大得根本看不到边界，还有这么可怕的风一直吹着，这风声，好像另一个人的哭声，是那些被烧死的人的哭声……

"哎，不哭了可以吗？"黑暗中传来一个陌生人的叹气声，就在我们的身边。

·6·

"是谁?"我们立刻停止了哭泣。我抓住了大恒的手,小希也抓住了我的手,这个黑暗的世界本来就够恐怖的了,还忽然出现一个陌生人。

"哈哈哈,你们不认识我的,我说我是谁有什么用吗?"那个人笑着说,听上去像一个老人。

"当然有用啦,我们想知道你是坏人还是好人。"我尽量假装镇定地说。

"哈哈哈,哈哈哈,好人?坏人?我说我是好人就是好人吗?我说我是坏人就是坏人吗?万一我根本不是人呢?"老人笑得更猖狂了,好像已经躺在了地上,真担心他笑得喘不过气。

"老爷爷,我们相信你是好人,你能不能告诉我们现在怎么办?我们和爸爸妈妈走散了,不知道他们现在在哪里。"等老爷爷笑够了,小希说。

"哗啦"一声,我们眼前出现一片亮光,原来是老爷爷手上多了一个火把。他郑重地说:"你们要知道,宇宙现在诞生了,有许多人分散在不同的星球,你们的爸爸、妈妈也分别在不同的星球。"

"他们都好吗?"欣欣问。

"都好都好。"老爷爷慈祥地微笑。

"太好了,太好了!"我们四人拥抱在一起,爸爸、妈妈都还好,我们就放心了。

"我爷爷呢?"小希问。

"也好也好。"老爷爷回答,"可是,你们离他们太远了,宇宙非常大,而且还在不停地变得更大,就好像你们吹气球,这个气球可以一直吹下去,吹到想象不到的大,然后你们就会离爸爸、妈妈想象不到的远。"

"那怎么办?"我问。

"我们要找妈妈,找爸爸!"欣欣哽咽地说。

"当然有办法啦,那就得靠我了!"老爷爷嘿嘿地笑起来。

"真的可以吗? 老爷爷,您一定要帮助我们呀,您最好了,老爷爷,帮帮我们吧。"大恒跑到老爷爷跟前,对老爷爷撒起娇来。

"哈哈,求我就求对人了,我告诉你们,你们要让你们的这个星球,成为宇宙中最美的星球,这样,宇宙中所有人都会来到这里,因为每个人都想住在最美丽的那个星球上。"老爷爷说,摸着大恒的小平头,"如果所有人都来到这里,那么,你们也就看到你们的爸爸、妈妈了,看到爷爷、奶奶了,哈哈。"

"如果我们的星球不是最美丽的,那我们可以搬到最美丽的那个星球上去吗? 如果大家都搬到那个最美的星球上,那我们也可以和爸爸、妈妈在一起了,不是吗?"小希问。

老爷爷吃惊地看着小希,火把照得老爷爷脸蛋通红。他抓了抓满头白发说："说的也是啊，你很聪明，可是……这是懒惰的想法，也许你们造不出一个美丽的星球，你们的爸爸、妈妈也会来找你们，可是你知道有多难找吗？宇宙太大了，他们只能知道美丽的星球在哪里，其他的星球，除非刚好路过，否则是遇不到的，他们怎么知道你们在这里呢？小朋友们，努力吧，让你们的星球成为最美的那个，让所有人知道你们也能行。如果你们四个不能造出美丽的星球，可能这个宇宙里都没有人能做到呢？那么所有人都要死去的，因为只有找到那个美丽的星球，人们才能继续活下去，就看你们的了！"

"看我们的？"我吃惊地问，"那我们应该做些什么？"

"你们是五行少年呀，你们可以牵引出各种不同的能量，你们就是未来，你们的心灵可以改变世界，只要你们的心灵是好的，世界就是好的。"老爷爷微笑着说。

"那我们需要具有哪些美德呢？"小希认真地提问。

"哈哈哈。"老爷爷不知道为什么笑得这么开心，"你们知道美德，那我就放心了，但是我不会告诉你们各种美德的名字，如果你们照着那些美德的名字要求自己，你们很可能成为虚伪的人，这里也会成为虚伪的星球，所以啊，你们要让心灵和自然一起演化，无论遇到什么困难都不要心生怨恨，爱会在自然中生根发芽的。"

"哦？"我困惑地摸着头，觉得老爷爷说的并不难，甚至太简单，简单得都不知道怎么开始了。

"为了让你们的家人能找到你们，为了让所有人能继续活下去，孩子们，加油吧！让这里成为全宇宙最美的星球……"老爷爷正在说话，不远处又传来一个老奶奶的声音，她说："你还在那里啰嗦什么最美的星球，快跟我走，去把镜子启动的这个时间取消了。"

"哎呀，我不是跟你说了吗，要面对现实，时间是取消不了的。"老爷爷转头对老奶奶喊。

"都是你害的，害我一下子变得这么老，不行，我一定要取消时间。"老奶奶气愤地说，"快跟我走！"

"好好好，马上来。"老爷爷无可奈何，他把火把插在地上，小声地对我们说，"靠你们了，我把这四个玩具送给你们，关键时候会有用的。"

老爷爷先掏出一把水枪，递给离他最近的大恒，大恒非常满意地笑了。老爷爷又拿出一副黑白棋，可是又立刻收了回去，换了一副象棋递给我，我更喜欢水枪，对象棋没什么兴趣，但是也只好对老爷爷说一声谢谢。

老爷爷回头看了一眼老奶奶所在的方向，好像很怕被老奶奶发现的样子，又从黑色长袍里掏出四件迷你的小裙子递给欣欣，结果欣欣却问："玩具娃娃呢？光有裙子可不好玩。"

"哎呀，我也不知道玩具娃娃在哪里啊，你就收下吧。"老爷爷抱歉地说，又掏出一个毛绒狗熊，那就是送给小希的礼物了。

"好了，我先走了，你们不要害怕，不要放弃，一切的困难都是可以克服的，还有啊，我们有很重要的事情要办，青龙和白虎就借用一下了啊，哈哈，再见。"说着老爷爷往老奶奶所在的方向跑去。我们听见青龙的呼呼声和白虎的一声吼叫。大恒举着水枪冲了上去，想把白虎叫回来，可是青龙和白虎居然很听老爷爷和老奶奶的话，载着他们飞走了。

　　"现在，怎么办呢？"欣欣气愤地说，"拿到四件玩具，结果青龙、白虎被人骑走了，我们好像是被骗了吧。"

　　"我总觉得那个老爷爷我认识啊。"我疑惑地说。

　　"我也有这种感觉。"小希说，可是又摇了摇头，"不过我确定之前没有见过这样一个老爷爷。"

　　……

·**7**·

　　章莪之山有鸟焉，其状如鹤，一足，赤文青质而白喙，名曰毕方，其鸣自叫也，见则其邑有讹火。

——《山海经》

　　"啊！放开我！救命啊，救命！"

　　是大恒在呼救，我赶忙拔起地上的火把向声音传来的方向跑去。

　　"放开我，你们这些坏人！"只见大恒被一个大人抓在半空，两条腿在空中乱踹，大人的旁边还有一个大人，这两位都很眼熟，原来是之前见过的宇王卫士。

　　"你们怎么也在这里，快放了大恒！"我举着火把喊。

　　"哼，就是你们这些坏小孩干的好事，现在把我们炸到这鸟不拉屎的星球上！"卫士瞪了一眼旁边的同伙，"你还不快上，把那臭小子也抓起来！"

　　"看招！"那个脸上有刀疤的无赖向我冲来，一下子就从背后抓住了我的衣领。

"啊!"我被抓到半空,惊异地问,"你们怎么知道原球是因为我们炸开的?"

"宇王宫从来没有外人进来过,你们一来原球就炸了,不是你们炸的还能是谁!"卫士恶狠狠地说,原来他用的是推理判案。

"但是原球确实不是我们炸的,虽然跟我们的确有点关系。"我辩解道。

"有关系就对了,以后你们这些小孩,要老老实实地给我们做奴隶,我们得在这块星球上开垦出土地,种出粮食来,懂了吗!"抓住大恒的卫士喊,一副凶神恶煞的样子,他已经抽出绳索绑住了大恒。

抓住我的卫士也抽出了绳索,我吓得全身发抖,要是被他们绑住,那肯定要吃一顿苦头,以后还得给他们做苦工,啊,太惨了。

"笨蛋!你手上不是有火把吗?"欣欣的声音从不远处传来,"快用火把打他!"

"呀!"我看了看手上的火把,看着那一团熊熊燃烧的火焰,要是用这个东西打他,那可要出人命了呀,"可是,他会被烧死的!"

"笨蛋,他是坏人!"欣欣急得跺脚。

"可是,坏人也不应该被烧死呀,那不是太痛苦了吗?坏人应该让宇王的卫士抓起来,然后去法院审判的。"我犹豫着。

"臭小子,快把火把交出来!我们就是宇王的卫士,你就是坏人!炸毁我们家园的坏人,现在宇王都不知道被你们炸到哪里去了,你们这些坏小孩!"抓住我的卫士一把夺走了火把。

"啊!你这个笨蛋!"欣欣在一边哭了起来,狠狠地跺脚,"现在我们一个个都要被坏人抓起来了。"

"哈哈，叔叔是好人哦，可不能烧叔叔呀。"卫士嘿嘿地笑着，把火把往地上一扔，又拿出绳索准备绑我。

"啊！"卫士忽然把我扔了出去，原来，一团火焰在地上燃烧了起来，烧到了他的脚。

"你也太笨了，火把都不会用吗？你不懂得要注意用火安全吗？"另一个卫士责怪地喊。

"是这个火不对劲啊。"卫士惊恐地喊，地上的火焰不是安安静静地在原处燃烧，而是像一条蛇到处游走，它有时候向左，有时候向右，有时候停下来好像在张望什么，忽然，火舌好像看准了方向一样，向那个脸上有刀疤的卫士冲去。

"毕方……毕方……"空中传来很奇怪的叫声，借着火光我看见一只青黑色大鸟，那鸟只有一只脚，它可以控制火焰，它往哪里扇动翅膀，地上的火蛇就往哪里游窜。

"啊！救命呀！"脸上有刀疤的无赖卫士拼命地跑着，可是火舌的速度也很快，卫士转弯，火舌也转弯，没一会儿工夫地上就到处是火了，因为火舌到哪里，哪里就燃烧起来。

"快去救大恒！"我听见了小希的声音，她正往大恒那边跑去，一团火焰已经离大恒很近了，那个本来抓住大恒的卫士不知道跑去了哪里，大恒因为被绑住所以没办法逃走。

我也跑到大恒身边，欣欣也来了，我们三人使劲扯着大恒身上的绳索，可是怎么也扯不开。

"啊，好痛啊！"大恒呻吟着，"你们把绳索拉得更紧了。"

"对啊，我们不能一起拉，你们放手，我来。"小希说着找到了绳索系上的那个结。

"你说，我当时真的应该用火把打那个叔叔吗？"我问欣欣。

"你这个笨蛋，要是你当时打了那个坏人，现在星球就不会着火了！"欣欣大声地责怪我，我觉得很愧疚，看来对坏人，还是不能太心软呀。

"解开了，解开了。"小希满意地笑了笑，可是我们都笑不出来，因为我们的四周已经是一片火海，金灿灿的火焰把我们的四张小脸照得通红通红。

"怎么会这样？"小希一抬头也发现了自己的危险处境，火焰在慢慢地向我们靠拢，天上那只怪鸟一边盘旋一边"毕方毕方"地叫着。我一开始还以为它操控火焰是来解救我们的，原来它只是喜欢玩火。

"哇……"欣欣哭了起来，"都是晓易不好，都是晓易不好！要是早点用火把打卫士就好了，火把就不会掉在地上。"

"对不起，对不起，你不要哭，我们先想办法好不好？"我最怕女孩子哭了之后说是我的错，可是不管我怎么劝，欣欣就是停不下来。

"就让她好好哭吧，看看眼泪能不能把火浇灭吧。"大恒躺倒在地，无奈地说。

"都是晓易的错，我们为什么要去找什么光海，哇，要是没有大爆炸，我现在就和妈妈在一起睡觉了，哇，爸爸还会给我讲故事，哇，爸爸，妈妈，哇，我要被烧死了，你们知道吗？你们在哪里呀？"欣欣哭得稀里哗啦，小脸都花了，像一只小猫，流着眼泪瞪着我。

"你怎么不说是我的错，是我最先叫大家跑出城堡来冒险的，晓易之所以要找光海，还不是为了让我们回家？谁知道会碰上那条狗，还被镜子给骗了。"大恒在一边帮我辩解。

"是我的错，我的错，我总是把事情想得太简单了，对不起。"我无地自容，我也想起了爸爸、妈妈，他们还好吗？他们可不要碰到我们这样的灾难呀，他们可要小心使用火把，不要让火把落地呀，只要他们好好的，我被烧死也没关系啦。爸爸、妈妈，你们可要经常想念我，不要忘记我，你们要再生一个小弟弟，说不定，小弟弟会长得和我很像。

"晓易，没错，就是你的错，都是你的错！"欣欣大声地喊，火焰离我们只有五六米远，热量让我们无法冷静，特别是欣欣，她疯狂地使出惯用的杀招，掐住我手臂上的一小块皮肤。

我觉得很痛，手臂上的皮肤都青了。欣欣的眼中冒着火，她的泪水把火焰映照得更红了。我知道她很难过、很愤怒，一切都是我的过错，所以我默默地忍受着疼痛。我望着眼前的火海，真是一望无际的海洋啊，翻滚着火焰的浪花，一浪高过一浪，我们好像在漩涡的中心，立刻要被这一片火海吞没。

"够了！"小希推开了欣欣，"现在是什么时候，你还有时间责怪晓易，我们就要被烧死了，难道死之前，还不珍惜自己的好朋友吗？"

我终于流出两行泪水，从来没想到自己也会死，觉得自己会永远地活下去，至少死是一件非常遥远的事情，所以我从来不珍惜身边的一切。弄坏了玩具也不心疼，惹妈妈生气也毫不在乎，和大恒摔跤还拼尽全力，常常把大恒摔得很痛，还常常故意说小希的裙子难看，看她偷偷抹眼泪自己就偷笑，我真是太逊了！

"哇……"欣欣撕心裂肺地大哭，"我们四个是好朋友，我们永远都是好朋友，我们永远不分开了，晓易，对不起，你原谅我吧。"

我们四个人抱在一起痛哭，如果我们要化成灰烬，我们的灰烬也要在一起，要向全宇宙证明，我们是全宇宙最好的朋友。

"我这里有四件玩具娃娃的衣服，我们一人拿一件，做一个纪念吧。"欣欣说着掏出四件小裙子。

· 8 ·

大恒看到玩具娃娃的连衣裙立刻不哭了，他连连摆手："呀呀，我不要，我们男孩子才不要连衣裙呢！"

忽然，连衣裙变大了，不再是玩具娃娃的小衣服，而是给大人穿的长袖连衣裙。

"怎么会这样？"欣欣也停止了哭泣，惊讶地看着眼前的奇迹。

"啊！"我后背一热，火焰已经扑到我们身边了，我痛得惨叫一声。

"着火了，着火了，晓易着火了！"欣欣用手上的连衣裙拼命往我的后背拍着，我后背的火焰立刻熄灭了。

"好凉快啊，这个连衣裙有神奇的作用，我们快穿上！"我兴奋地喊，发现身后的火浪也退后了许多，原来老爷爷给我们的玩具是有魔法的宝物。

我拿过欣欣手上的一件连衣裙套在身上。小希看着我立刻笑得人仰马翻，不过火焰也烧到了她的身边，她来不及废话，也赶紧穿上了连衣裙。

"大恒，快穿上！"欣欣也穿上了这不合身的连衣裙，把手上的连衣裙递到大恒面前。

"啊，我才不穿呢，这是女孩子的衣服，太难看了，那么长，都拖着地，你们是新娘子呀。晓易，我看不起你！你是不是男的，你不要脸！"大恒喊着，火舌在他头上伸缩着，随时可能将他一口吞掉，可是他现在却拒绝这救命的宝物，就因为这个衣服是女孩子穿的。

欣欣甩着手上的连衣裙保护着大恒，连衣裙甩到哪里，哪里的火焰就会退后几步，可是一旦停止挥舞连衣裙，火焰就重新压来，欣欣只好不停地挥舞，很快欣欣就精疲力竭了。

"我来！"我接过欣欣手上的连衣裙，在大恒身边赶火。这些火焰不只是在地上，还在空中，不只在左边，还在右边。我在大恒身边蹦蹦跳跳地转着，累得气喘吁吁，还要注意不能被脚下的裙摆绊倒。

"哈哈，晓易，你真好玩。"大恒哈哈大笑，"穿着女孩子的衣服，还跳女孩子的舞呢！"

豆大的汗珠从我额头上流下，这么多的汗水几乎都可以洗脸了。我本来就很累了，听到大恒这么说，差点就气死过去，真是太没良心了。我辛辛苦苦给他赶火，救他的命，他还嘲笑我穿女孩子的衣服，既然这件衣服可以防火，可以救命，为什么不穿呢？平时，这件衣服是女孩子穿的裙子，可是，现在它就是一件消防服啊。

"大恒，你是一个傻瓜。"小希说，"我如果是晓易，才不救你呢。"

"哼，反正我不穿女孩子的衣服！"大恒坐在地上，摆出一副不开心的臭脸。我在他身边左挥右舞，手臂越来越酸麻，动作也变慢了。

"少跟他废话，他是个笨蛋！"欣欣抢过我手上的连衣裙，直接套在了大恒的头上。

"啊！我不要！"大恒一把脱掉身上的连衣裙，忽然向旁边滚去。

"快挡住他！"小希喊，我冲过去一把将大恒抱住，他差点就滚进火海当中。欣欣赶紧在我们身边甩着衣服。

"你差点死了，你知道吗？"我责怪地对大恒喊。

"我死也不穿女孩子的衣服！"大恒狠狠地说。

"救命啊！我快死了！"我忽然听见了一个女人的声音，好像离我们不远。

"你们听见什么声音了吗？"我问，向四周望去，可是面前一片火海什么也看不见，他们三人什么也没听见，对我摇着头。

"救救我……"女人的声音更微弱了，她好像非常痛苦。

我判断出声音传来的方向，放下大恒向左边跑去，刚刚跑了三四步就忽然被什么绊倒。

"救救我……"原来我就是被她绊倒的。

我赶紧把她拖到欣欣的身边，欣欣在挥舞衣服。原来是一个阿姨，她是穿着消防服的，可是现在消防服已经烧坏了，看来是质量不怎么好的消防服。

"阿姨，您怎么会在这里？"小希问，"而且，您怎么会有消防服？"

阿姨已经被烧得神志不清了，她紧紧闭着眼睛，张开嘴巴，却说不出话来。小希轻轻晃动着长长的袖子，把一阵凉风扇到阿姨的脸上。

"我为什么来这里？"阿姨的眼睛慢慢睁开了，"对了，我要救我的孩子！"

阿姨说着坐了起来，她终于清醒了："我的孩子还在发着高烧，医生说，如果再不找到寒水石，我的孩子就要死去了，我要找寒水石，我的小宝不能死啊！"

"寒水石是什么东西？在哪里？"我惊奇地问。

"就在你们的星球上，我绝望的时候，一个老医生告诉我，在你们星球的中心，有一颗寒水石，宇宙最冷的宝石，只要有它，我的小宝就能退烧了。"

"这里是一片火海啊，怎么会有什么最冷的宝石？阿姨，您弄错了吧。"大恒眼睛半睁半闭地说。他就躺在阿姨的旁边，感觉快晕过去了。

"不，我没有弄错，老医生告诉我，热的东西，它的中心是冷的，他说这是阴和阳的关系，虽然我也不太明白。"阿姨说着站起身，迈开沉重的脚步往火海里走去。

"阴和阳的关系？"我想起那两个叫阳和叫阴的时间少年。

"阿姨，可是，你的消防服已经烧坏了，你会死的。"小希说。

"我要去冒一次险，我的消防服还可以抵挡一点火，也许我可以在烧死之前找到寒水石，只要找到寒水石，把它拿出来，星球上的火就会灭的。"阿姨说完话，毅然走进了火里。

"等等！"欣欣一把夺过我手中正在挥舞的连衣裙，"阿姨，您穿上它，它是最好的消防服！"

"可是，那么，你们就少了一件了。"阿姨犹豫着，不想接受。

　　"阿姨，您是为了救您的孩子来到这里，您是最伟大的妈妈，一定要找到寒水石……"欣欣说着说着声音就哽咽了，干脆不说话，而是直接把连衣裙塞进了阿姨的怀里。

　　阿姨的眼眶中也含着泪水："谢谢你，可是你们这里会有一个人没有消防服啊！"

　　"没关系，我们三个人可以一起保护他的，而且那个傻瓜本来就不愿意穿。"欣欣推着阿姨，"阿姨，您快穿上，快去找寒水石吧，您的孩子还在病床上等着您呢！"

　　"是啊，阿姨，我肯定是不会穿裙子的，而且，您找到寒水石后，这火海不就消散了吗？您是在帮助我们呀！阿姨，您快去吧……"大恒说着闭上了眼睛，好像彻底晕过去了。

　　"好，我马上去。"阿姨不再犹豫，她穿上神奇的连衣裙，消失在了火海里。我们三人则绕着大恒转着圈圈，用裙摆赶走地上的火，用袖子挥走空中的热气，在这样一片可怕的火海中，跳着祈求生命的舞蹈。

· 9 ·

"爸爸！妈妈！你们终于来了！"昏迷的大恒忽然跳了起来，一下子撞到我的身上。我转圈圈已经转得头晕目眩，被大恒一撞，立刻栽倒在地。

"别跑！"只听欣欣着急地喊着。我抬头一看，大恒竟然往火里扑去。他张开双臂，好像要和什么人拥抱似的。

欣欣及时从后面抱住了大恒的腰，小希也跑到了大恒的面前。我不敢怠慢，赶忙爬起来跑到大恒的身边，紧紧抓住他的手臂。

"爸爸、妈妈呢？"大恒惊奇地看着我们，"他们到哪里去了？"

"什么爸爸、妈妈？"小希问。

"我的爸爸，我的妈妈呀，他们来看我了。"大恒的眼眶流动着泪水，脸蛋红得像一个苹果，"他们又走了，哇……他们不要我了。"

"根本没有人来呀！"大恒刚才明明是闭着眼睛躺在地上，又怎么会看到爸爸、妈妈呢？

"你胡说，我爸爸、妈妈明明是来了！你们的爸爸、妈妈没有来，你们嫉妒我，你们不让我见到我的爸爸、妈妈，你们还骗我……"大恒生气地争辩，他还想说什么，忽然闭上眼睛，一下子倒在了欣欣的怀里。

"大恒！"我赶忙扶住大恒，欣欣可抱不动他，"你怎么了？"

大恒没有说话，他甚至听不见我们的声音了，紧紧闭着眼睛，两只耳朵也红得像小白兔的眼睛。我一摸，他的额头热得简直可以煎鸡蛋。

"大恒发烧了！"我喊。

"怎么办？难怪他说什么看到爸爸、妈妈了，原来是发烧产生了幻觉。"欣欣恐惧地看看我，又看看小希。

"他不穿消防服，虽然我们一直保护他，可是毕竟还是很热呀，所以发烧了。"小希说。

"那怎么办啊？"我着急地给大恒扇着风，欣欣用袖子包住大恒的脖子和头部，可是大恒依然全身发热，醒不过来。

"看来这样没有用，只能看那个阿姨能不能找到寒水石了，她早点找到，这些火就可以早点散开。"小希说，她也在一边扇着风。欣欣忽然脱下了连衣裙。

"你干吗！"我和小希一起问，该不会欣欣也神志不清了吧。只见她把连衣裙穿到了大恒的身上，我们才明白了她的想法。

"穿上这件神奇的连衣裙，他全身就会降温了，应该就会醒过来，我们不能把希望完全寄托在阿姨的身上，自己一定要尽最大的努力呀！"欣欣说，"他现在昏迷了，终于可以穿上连衣裙了，其实，大恒穿上连衣裙，也挺可爱的呀！"

"可是，那你怎么办？"我赶紧到欣欣身边赶火，火舌看到欣欣没有穿连衣裙，立刻向她扑来。

"欣欣，你真无私。"小希悲伤地看着欣欣，也用袖子帮欣欣赶火，可是用袖子赶的效果不好。

我看到欣欣的脸蛋也越来越红，她脸上的汗水都闪耀着火焰的光芒。再这样下去，大恒没有醒，可能欣欣又要晕过去了。

我脱下身上的连衣裙，握在手上挥舞，这样效果好多了，连衣裙一挥，火舌就要退后好几步。可是我立刻觉得热得难受，再加上挥舞连衣裙消耗力气，我很快就累得头脑发昏了。

我开始看不见欣欣了，也没看见大恒，我看见了小希，她没有穿连衣裙，也把连衣裙抓在手上赶火。我觉得她太瘦小了，没有力气，连衣裙在她手上没有完全地打开，这样使用连衣裙，作用就变小了。

可是我呢？我的连衣裙也打不开了，我的手快抬不起来了。火海当中，我看见一头黑乎乎的牛向我们走来，然后又走出一头黑乎乎的骆驼。最后，一群黑乎乎的狼冲了出来。这些黑色的动物占据了我的眼睛，终于什么也看不见了。我躺倒在地，只是觉得有什么东西在摩擦着我的身体。我不知道那些狼是真的还是假的，如果是真的，小希一个人怎么打得过呢？我想我一定要醒过来啊，可是不管怎么挣扎，连眼睛都睁不开，很快就什么都不知道了。

不知道过了多久，我忽然站在一个很高很高的地方，看着底下一片无限的海洋。我曾经在画册里看过大海，画册上说可以照着图画想象一片无限的蓝，但是我的想象力却是有限的。穿着黑色长袍的老爷爷出现在我身边，他是飘浮在空中的，我发现自己也是。

"你看，宇宙是需要时间的，只要有时间，什么都能实现，时间包括了无限。"老爷爷得意地说。

"老爷爷，请问您是谁？我好像认识您。"我问。

"我是宙王，也就是时间之神。"老爷爷说，"掌握宇宙存在的时间之神……"

"还什么神呢！你神经病吧，快跟我走，去把时间取消了。"忽然一个穿白色长裙的老奶奶跳了出来。老爷爷惊呼一声向前逃窜，老奶奶追着他，很快两人都跑没影了。

"这到底是怎么回事呢？"我困惑地想着，身体忽然向下落去，难道我刚才之所以能飘浮完全是靠了老爷爷的法力吗？我感觉自己落得越来越快，几乎要一头扎进大海了。

"醒了醒了！哈哈！"我听见小希的笑声，大海不见了。

我揉了揉眼睛："这里是哪里？大海呢？"

"什么大海？你这个神经病，哈哈，醒了，神经病醒了！"小希用力推着我，开心地拍着我的手臂，眼里却流动着泪光。

"火呢？"我终于清醒过来，原来刚才是做梦了，我记得昏迷之前看到一群可怕的狼，"狼呢？"

"什么狼？你真的是生病了，还好阿姨找到了寒水石呀！"欣欣也在身边。

"哦？所以火灭了是吗？"我开心地坐了起来，周围还有一些小火焰在发出光芒，借着火光，我看到大恒还躺在地上，没有看到阿姨的身影。

"阿姨先走了，她着急回去给她的小宝治病呢。"小希说，"大恒也吃了寒水石了，他很快就会醒的。"

"你看，阿姨的飞船还能看得见呢。"欣欣指着天空。顺着她指的方向，我的确看到了一个闪闪发亮的小船，小船上面，可是坐着一个宇宙最伟大的妈妈呀，她的小宝一定会醒的，因为宇宙不应该让一个心中有爱的人失望。

"我们刚才都昏迷了，是阿姨用寒水石救了我们。"小希说。

"都昏迷了吗？"我看着小希，难道她最后也不行了。

"是啊，不过，我可是坚持到最后的哦。"小希微笑着，一副自豪的模样。

"阿姨为了救我们，寒水石都快用完了，而且还耽误了这么久。"欣欣说，"她本来想看着你们两个最没用的男孩子醒过来再走，是我和小希一直催，她才回去的。"

我想争辩什么，怎么可以说男孩子没用呢，可是我们两个确实是最后醒的，哎，算了。

"希望她的小宝也要醒过来呀。"小希说。

"好凉快啊。"是大恒在说话，他那口气好像刚才什么坏事也没发生过一样，"这里是哪里呀？"

看见大恒醒过来，欣欣立刻兴奋了，她冲过去掐住了大恒的手臂："你这个笨蛋，就是因为你不穿连衣裙，差点害死我们三个人……"

欣欣还想继续骂下去，忽然我们下面的土地裂开了一道缝隙，只觉得脚下的世界在下沉着。

· 10 ·

边春之山，有兽焉，其状如禺而文身，善笑，见人则卧，名曰幽鴳，其鸣自呼。

——《山海经》

"这是怎么了？"欣欣尖叫起来。

"这星球实在是太烂了，还是以前的小城堡好啊，城堡虽然比较小，可是不会这么危险呀！"大恒也抱怨起来。

"大家要冷静点，既然我们已经在这个星球上了，那就要面对这个星球上的各种挑战。"小希说，"这个星球被火烧了这么久，土地可能烧坏了。"

"那个老爷爷不是告诉我们了吗，我们要创造出宇宙最美丽的星球，你们忘记了吗？"我喊，可是脚下沉得更快了。

"最美的星球？这么烂的地方，怎么变成最美的星球呀！"欣欣着急地跺脚。她着急的时候总是喜欢跺脚，可是这时候跺脚可不得了了，欣欣一脚把土地踩出了一个洞，她尖叫一声沉到土地里面去了。

"救命啊！"欣欣吓得直叫，只剩下半个身子留在地上，一直挣扎，可是越挣扎越往下沉。

"别动，看来我们掉在沼泽里了。"小希喊，"我想这应该就是沼泽。"

欣欣还是不停地用手去抓身边的土地，她非常恐惧，根本控制不住自己，可是这些土地软软的，根本抓不住。她继续下沉，只剩下脸还露在地上了。

大恒赶忙过去拉欣欣，可是大恒刚一用力，自己的两条腿也沉了下去，也只剩下半个身子了。欣欣倒是多露出来了一些，可是依然非常危险。

"怎么办呢？"我着急地看小希，只见她躺在地上，张开两条腿和两只手臂，如同一个"大"字，全身都浮在泥土上。

"原来这样真的不会下沉了呀，哈哈。"小希笑着说。

"可是，我们怎么办啊？"大恒不高兴地喊，他和欣欣已经没有躺下去的机会了。

"大恒，都是我不好，为什么要踩脚呢？你要不是为了救我，你也不会沉到这些脏土里来了，我们也不用被小希笑话了。"欣欣哭着说。

"别哭了，我们现在应该好好地想办法呀。"大恒用手去擦欣欣的眼泪，可是大恒的手上都沾着泥，结果欣欣就成了一张花花脸了。

我的小腿也全部沉到沼泽里了，我还有机会躺倒，可是我也躺倒了，欣欣和大恒怎么办呢？难道我和小希要眼睁睁地看着他们被泥土吃掉吗？

周围的火焰越来越小，世界也越来越黑暗，如果火光熄灭了，那会多可怕啊！

"小希，你快想想办法啊！"我也着急得想跺脚，可是赶紧忍住。

"我正在想着呢，你吵什么？"小希对我挥了挥手说。

"你想得怎么样了，欣欣要没了！"我看着欣欣痛苦的脸，看看不远处仅剩的一点火焰。

"拿出你的棋盘！"小希忽然兴奋地喊。

"棋盘？"我拿出怀里的象棋，抽出盒子里的棋盘，"这个，只是一张纸啊。"

"没错，我相信老爷爷给我们的都是宝贝，现在，只有这个宝贝看上去可以救命了，快把它铺在地上吧！"小希微笑着，很有信心的样子。

我虽然不相信，也只好把纸铺在了泥土上。哇，瞬间，棋盘变得好大。小希立刻翻身爬了上去，棋盘居然没有下沉，我也跳了上去，棋盘依然稳稳当当。

"快，我们把大恒、欣欣拉上来吧。"小希笑着说。我跑到大恒身边，夹住他的腋窝，大恒的手抓着欣欣，小希抱住我的腰，我们就像拔萝卜一样，终于把欣欣拔了出来。

"哈哈，你这个泥人。"大恒笑着，指着欣欣满身的泥土。

"哈哈，那大恒就是半泥人啦。"我也笑了起来。忽然，星球的远处冒出了一个火红火红的球，我们的世界变亮了，亮着万丈红色的光芒。"那是什么！好壮观啊！"我惊叫道。

"火球！是火球来了！"小希恐惧地坐倒在地，"就是这样的火球，在宇宙大爆炸的时候，这样的火球夺走了许多人的生命，我们完了！"

"它会撞上我们的星球吗？"我问，"它好像还离我们很远！"

"很近了，要说远的，是那些天空中的小小亮光。"小希说。可是那些小小亮光现在全都不见了，这个可怕的火球把它们全都赶走了，大火球的光芒盖过了那些小亮光。

"哈哈，我知道了，你们的宝物都用过了，这个火球就得看我的了。"大恒兴奋地跳着，真担心棋盘会被他踩沉。

"你是说你的水枪吗？"欣欣问。

"当然啦！"大恒自信地从怀里掏出水枪，闭上左眼，瞄准大火球，最后终于往空中喷出一道小小的水柱。

"算了吧，就这么一点水，之前星球着火的时候，你这个宝物都灭不了火，对这个火球就更不行了。"小希摇着头。

"快，借给我冲冲！"欣欣一把夺过水枪，把自己身上的泥土冲了个干净。

大恒十分沮丧地坐在棋盘的边缘，他不相信自己的宝物只能用来洗衣服。此时那个火球从红色变成了白色，而且还升高了一些，似乎是离我们远了，因为看上去变小了点。

"奇怪，火球怎么变色了？"我问小希。我现在有问题都喜欢问她，觉得她是最有办法的。

"你问我，我问谁呀！"小希没好气地说，"总之，如果火球撞过来的话，我们就要变成灰烬了，不，说不定连灰都没了。"

"哎呀，还是别想太多了，你看那火球到现在也没往我们这边撞的趋势啊。"我躺倒在棋盘上，觉得那个火球照射过来的光芒很温暖，晒得好舒服，而且把周围照得好亮，这个火球多可爱呀，怎么会毁灭我们呢？

"哈哈哈哈，哈哈哈哈。"有笑声传来，不是男孩的声音，也不是女孩的声音。我吃惊地寻找笑声的来源，只见不远处有一只五颜六色的动物躺在地上，它捂着肚子笑个不停。

"那个家伙怎么了？"大恒奇怪地问，说着也笑了起来。

"哈哈哈哈。"欣欣笑着笑着躺在棋盘上，那只动物的笑声似乎有某种魔力，能让人和它一起笑。我担心那只动物不是好东西，它长得既像人又像猴子，我捏了一团泥巴向它扔去。

"别笑了好吗，你是谁？"我对那个家伙喊。它从屁股下面伸出一条长长的尾巴，尾巴的末端分岔，它就用那个分岔把我扔出的泥团夹住，又高高地抛向空中。

"哇，厉害啊。"大恒佩服地鼓掌，结果那个抛向空中的泥团落下，正好打在那个家伙白白的脸上。它一脸错愕，一副聪明反被聪明误的表情。

"哈哈哈哈……"欣欣笑得更大声了，"太有意思了，太有意思了。"

那个皮毛绚烂的家伙尴尬地笑了笑，拍去脸上的泥巴，给人一种天真无邪的感觉。我放松了警惕，肚子一抽一抽的，几乎也要大笑。

"它是故意被砸中的，它在表演啊。"小希冷静地说。

"小希，你怎么这么严肃，真没意思，你还在担心那个天上的大火球吗？没事的，哈哈哈，没事的啦。"欣欣笑得都快喘不过气了，还在努力地说话，想劝小希和她一起笑。

"欣欣，你这样笑下去会笑傻的。"小希担心地说，"你忘了上次那只怪鸟了吗，差点把我们烧死了，这些奇怪的动物很危险的。"

"哈哈哈，怎么会呢，能让我们笑还不好吗？"欣欣看着那只漂亮的动物。那只动物站起身做了一个拥抱的动作，一副很喜欢欣欣的样子。它慢慢地沉入土里，又拔出脚重新仰卧在地上。

"你们不是要把这里建设成全宇宙最美的星球吗？"那个家伙居然是会说话的，而且声音特别好听。

"是啊，那又怎么样？"我问。

"我们一起努力呀，自我介绍一下，我叫幽�，哈哈，幽就是要幽默啦，让世界充满笑、充满快乐，最快乐的星球是最美的啦。"它站起身对我们发表演说，一边说着一边沉入土里，说完话又纵身一跃趴倒在地，滑稽的样子引得我们三人一阵大笑。

"我们不要这样的笑。"小希生气地说，"一点内容都没有，像傻子一样。"

"呜呜，这位小朋友，你这么小就失去了快乐的细胞，你长大以后一定会很凶的呀。生活是要有幽默感的，我不仅会笑哦，我还会跳舞，你们看。"说着那个家伙在泥地上跳起舞来。它原本跳得很好，后来故意让自己的脚沉入土里，所以跳得踉踉跄跄，逗得我们三人忍不住大笑。

"这有什么好笑的。"小希平静地坐在棋盘上，"你本来可以把舞跳得很好，就是为了逗别人笑，把舞蹈破坏了，你这样做对吗？"

“哎呀。”幽鸩拍了自己脑袋一掌，“跳舞的目的还是为了让大家快乐嘛，哈哈，所以，我不算破坏舞蹈的吧。”

“你这种想法就是不对的，舞蹈的目的是美，不是快乐。”小希纠正说，“像你这样什么都是为了快乐的想法很危险，会把人变傻的。”

幽鸩站在地上慢慢下沉，眨巴着漂亮的大眼睛，似乎是在苦苦思考，就在它沉入一半的时候想出了答案。它拍了自己脑袋一掌，从怀里掏出一朵红色的花，把花栽在了地上。

“你在干什么？”欣欣终于停止了疯笑，“幽鸩，你怎么不表演了，我还要看你的表演。”

“这是玫瑰花。”幽鸩又从怀里掏出一朵种下，对着两朵红玫瑰吹了一口气，奇迹发生了，许多红玫瑰从地里钻出，越来越多，很快长满了我们的四周。

“这位小朋友，请问，这样的星球是不是最美的？”幽鸩微笑着问小希，“这玫瑰花海是我的压轴好戏了，你满意吗？”

“好漂亮啊！”小希吃惊地看着红色的花海，她的脸上终于绽放了笑容，“你为什么不早点拿出真本事呢，搞笑搞了半天，真是的。”

“哈哈哈。”幽鸩不好意思地笑了。它还想说点什么，远处忽然传来一声巨响。

·11·

索吾之山，有鸟焉，其状如凫，而一翼一目，相得乃飞，名曰蛮蛮，见则天下大水。

———《山海经》

我们向周围望去，可是什么也没有发现。

"你们看，天上有一把雨伞！"大恒喊。

果然，天空中有一个人撑着一把雨伞在慢慢下落，不过他的雨伞不是用手撑的，而是用几根绳子绑在背上。

"你这个笨蛋，这不是雨伞，是降落伞。"欣欣拍了拍大恒的肩膀说。

大恒痴痴地看着天上的降落伞："哇，要是我也有这样一把伞就好了，在天上飞肯定很爽。"

很快，那个人离我们很近了，是一个大哥哥。"哇，好帅气呀！"我说。

"这有什么，哼！"大恒不服气，"我要是有降落伞比他更帅。"

"你可算了吧！"想不到欣欣和小希都笑了起来，彻底摧毁了大恒的自信心。

大哥哥缓缓落下，终于落在了棋盘上，他掏出一把小刀，把背上的绳子割断。

"你们好。"他礼貌地向我们问好。

"你好。"我们一起说。

"大哥哥，大哥哥，你能不能把降落伞借给我玩呀，我也想在天上飞一飞啊！"大恒迫不及待地跑到大哥哥面前说。

大哥哥笑了笑："可是现在这个已经坏了，你看我都已经割断了绳子，下次，我再来你们这个美丽的星球时，给你带一个新的吧。"

"好吧。"大恒有些失望，可是想到以后大哥哥还可能来，又兴奋了起来，"大哥哥，那你真的还会来吗？你是从哪里来的？"

"我是从很远很远的天鹅星来的，我喜欢上我们星球上的天鹅女孩，天鹅女孩也喜欢我，但是她总是不能下定决心嫁给我，于是我决定做一次宇宙大旅行。我想用宇宙里最美的礼物去跟天鹅女孩求婚。我飞到银河系的时候，用望远镜发现你们星球有这么美的花海，我想，如果我可以送天鹅女孩九千九百九十九朵玫瑰，求婚就会成功。"大哥哥微笑着说。欣欣和小希都听入迷了。

"好浪漫呀！"小希感动地喊。

"大哥哥，你真的那么喜欢天鹅女孩吗？她真的很漂亮吗？"欣欣也问。

"当然了，她就是我的生命，她就是我的一切，她是最美的，虽然我没有看遍宇宙中所有的女孩，可是我相信，我的天鹅女孩是全宇宙最美丽的！"大哥哥认真地说。

"大哥哥，你觉得我们星球，真的是最美的星球吗？"我问，这个才是我最关心的问题，幽鹈也站在旁边认真地等待大哥哥的回答。

"当然啦，比我们的星球美丽多了，这里是玫瑰花的海洋，多美呀！"大哥哥说。

"可是，既然我们是最美的星球，那爸爸、妈妈怎么还没有找到我们呢？老爷爷告诉我们，说只要我们的星球是最美的，爸爸、妈妈就会过来。"我说。

"不要着急，你看，我不是已经知道这里是最美的星球了吗？慢慢地，宇宙中所有的人都会知道的，而且，哥哥也没有去过宇宙中所有的星球，说不定还有更美的呢？不过，这里已经是我见过的星球中最美的了，现在，你们可以让我带走九千九百九十九朵玫瑰吗？"大哥哥问，热切地看着我们。

"当然可以啦！"欣欣和小希开心地喊着，"祝大哥哥和天鹅女孩白头偕老！"

我当然也开心地点着头。忽然大恒跑了出来："可是，大哥哥，你能不能答应我，你一定回来给我一个降落伞呢？"

"好的，我答应你。"大哥哥微笑着说，立刻去摘花了。地上长出玫瑰花后土地就变硬了，虽然还是黏糊糊的，但至少人不会往下沉。

玫瑰上有许多刺，可是大哥哥一点也不在乎，他小心地用小刀挖出一朵朵玫瑰，很快手上就沾满了鲜血。

"大哥哥，你一定很痛吧？"小希跑到大哥哥身边问。

"不，我觉得很幸福！"大哥哥说，额头上流淌着汗水。

“可是你的手上流血了。”欣欣说。

“没关系，为了天鹅女孩，流再多的血也是值得的。”大哥哥坚决地说，又满意地把一朵玫瑰花放进了包里。

“为什么玫瑰花上有这么多刺呢？”我问。

“因为爱是需要考验的。”大哥哥坚决地说，又有一根刺扎进他的手心，他却微微一笑。

“哈哈哈，大哥哥。”一边的幽鸪忽然又开始笑，“你在宇宙中旅行的时候要多为我们星球打广告啊，就说我们这里有免费的玫瑰花，说我们是最美的星球。”

“好，一定。”大哥哥说。

“还有啊，我们星球不仅是最美的，还是最快乐的，这里有一个叫幽鸪的，可以让人笑掉大牙啊。”幽鸪自豪地说。大哥哥听着就笑了，笑得手一直抖。

“你别再搞那一套了，别在这里笑，你打扰大哥哥摘玫瑰了。”小希过来把幽鸪赶走。幽鸪最怕小希不高兴，因为它的使命是让所有人开心，于是它跑得远远的躲起来。

天上的火球从东边飞到了西边，又变成了红色，照出的光芒却是金的，玫瑰花海在金光的照耀下迎风摇摆，更加美丽了。我相信，我们的星球一定是宇宙中最美的星球，爸爸妈妈很快就会发现我们的。

当红色火球完全落下的时候天又黑了，我怀念那个火球，事实证明它不仅没有危险，而且给我们带来光明。大哥哥的飞船要起飞了，他的飞船闪耀着绿色的光芒，飞船上载满了玫瑰。天鹅女孩，你一定会相信，大哥哥是最好的，和大哥哥在一起，一定会幸福的。

　　大哥哥给我们留下一个白色的小灯，有了这个小灯，我们也不会害怕了。我们四个躺成一排，数着天上的小亮光，小亮光一闪一闪的，好像也看着我们，对我们眨眼。

　　"哈哈，我数到三百个了。"小希笑着说，"那就让我给那些小亮光取个名字吧，以后叫它们星星怎么样？"

　　"好啊！"我觉得星星这个名字很美，立刻答应，欣欣和大恒也没有反对，因为他们不知道什么时候开始已经睡着了。

　　"晓易，你看北边最亮的那颗星星，我们叫它北极星好吗？"小希说。

　　"好呀！"我答应道。

　　"以后，如果我们走散了，如果我找不到你，你找不到我，我们就一起往北极星的方向走，好吗？"小希认真地说。

　　"好啊，它是夜空中最亮的星，跟着它走，就一定会相见的。不过，我们是最好的朋友，我们永远都会在一起的。"我说着，打了个哈欠，睡着了。

　　当我睁开眼睛的时候，天上的星星已经全都不见了，白色的大火球又挂在空中。小希也终于相信这个火球是友善的，她说："以后大火球升起就算是新的一天。"

　　在这新的一天，我们在玫瑰花海中开出一条小路，土地变得更坚固了，甚至有些地方凝固成了石头。我们计划着用石头建造一座新的城堡，我说城堡的屋顶应该是圆形，大恒却说应该是尖塔，最后欣欣说有屋顶就不错了，别研究形状啦。

　　忙碌了一天，大火球快从西边落下的时候天上传来警报声，原来是有飞船落下。我们赶紧躲在一起，免得被飞船砸中。

"这又会是什么人呢？"欣欣好奇地说，还有些担心，谁也不能确定来的是好人还是坏人。

"啊，我知道了，一定是大哥哥回来给我送降落伞了。"大恒兴奋地喊。

"你们看，那边，大哥哥的飞船！"小希喊。

果然，不远处的花丛中，大哥哥的飞船"轰"的一声落在那里。

"可是，大哥哥应该打开降落伞在天上飞的呀，怎么看不见呢？"大恒抬头望着，我的目光也在天空中搜索。

"那么，大哥哥就在飞船里面了。"小希喊，往飞船的方向跑去。

我们三人也紧紧跟去，我们一路跑着，踩坏了许多玫瑰。

我们很快就跑到了飞船面前，只见飞船已经变形了，玻璃碎了一地。

"大哥哥！"我打开飞船上的小门，只见大哥哥满身是血，"你怎么了，大哥哥？"

"大哥哥，你怎么把玫瑰都带回来了！"小希和欣欣惊讶地问。

大哥哥微微一笑，却是那么苦涩："我回去得太晚了，我带着玫瑰回到天鹅星时，天鹅女孩正要和另一个男生结婚呢，她穿着白色的婚纱好漂亮呀。"

"可是，大哥哥，她不知道玫瑰花很美吗？她不知道，你为了给她玫瑰花，流了多少血吗？"小希问，她已经哭了起来。

大哥哥苦涩地笑了笑："我错了，大错特错，我离开天鹅星去寻找全宇宙最美的礼物，却因此没有陪伴在天鹅女孩的身边，她以为我不喜欢她呢，以为我是要离开她呢，所以……"

　　大哥哥哽咽着说不出话。欣欣哭着跑开。小希环视玫瑰花海说："所以幽�做出的美都是表面的，快乐也是表面的，我们的星球只是表面上很美。"

　　"小弟弟，这是送给你的降落伞。"大哥哥拿出一个伞包，"我离开天鹅星的时候忘了多拿一个降落伞，就把飞船里剩下的这个给你吧。"

　　我抱住大哥哥的脖子，说不出话，我的眼泪和他的鲜血混在一起。大哥哥，你居然为了把降落伞送给大恒，自己没有使用降落伞，大恒拿降落伞有什么用呢？你应该自己使用才是呀，你为什么这么傻呀？我有很多话想跟大哥哥说，可是我喉咙被泪水卡住，什么也说不出来。

　　忽然，我怀里的大哥哥变成了一朵玫瑰，玫瑰上没有刺，一朵没有刺的玫瑰，一朵用鲜血染红的玫瑰！

　　周围所有的玫瑰都流着泪水，我甚至可以听见"滴滴答答"的响声，天空也在落着雨点。两只小鸟叫着"蛮蛮"从空中飞过，它们分别只有一只翅膀和一只脚，靠在一起才是完整的样子，一只往下飞的时候另一只就赶紧跟上，一只往上飞的时候另一只也要向上，它们不在一起的话还能飞吗？应该是不行的吧，它们必须比翼双飞，也许这就是大哥哥所说的"陪伴"。

　　大恒抱着伞包，痴痴地看着大哥哥变成的玫瑰，没有说话，只是和那些花儿一样淌着泪。

·12·

淋过雨的空气，疲倦了的伤心。

——（古希腊）柏拉图

"怎么有这么多的水呀？"欣欣惊慌地跑回来问，水已经漫过她的膝盖。

"是这些玫瑰花的泪水，它们还在哭。"我说。

"我看是天上落下的水，是天上的水落在花瓣上，以为是玫瑰花在流泪。"小希思考着说。

"大哥哥死了，我们都很悲伤。"大恒抱着大哥哥给的伞包，眼泪还在一个劲地流。

"大恒，别哭了，你们再哭下去，星球就要发大水了。"我拍着大恒的肩膀，希望他不要再悲伤，"你不是经常说，男子汉大丈夫不许哭的吗？"

"是的，可是，我真的很难过啊。"大恒抹了抹脸上的泪水。我们都被天上落下的水淋得湿透，很快水已经漫过了我们的腰。我们已经看不见玫瑰花了，因为它们已经被淹没在水里。我喝了一口身边的水，咸咸的很难喝，果然是眼泪的味道。

"怎么办呀？怎么办呀！"小希很怕水，她跑到我身边握住我的手，着急地跳着，溅起的水花喷在我脸上。

"幽�呢，好久没看到它了，应该不会被淹死吧。"欣欣担心地环顾四周。

"不要管那个家伙。"小希嫌弃地说。

"多灾多难的星球啊，真是拿你没办法！"我对着灰蒙蒙的天空感叹。水越下越大，已经漫过我们的肩膀。我指着漂在水面的棋盘说："我们赶紧爬到上面去，把棋盘的四边卷起来，这样也算是一条小船了。"

水一直在上涨着，没完没了，似乎要永远地涨上去，小船摇摇晃晃的让人心里无法安稳。忽然一阵大风吹来，一个浪花把我们的小船打翻了，我们都落进了水里。

"哇，这就是大海了！大海啊！"我双手抓着翻过去的小船，兴奋地呼喊，"这么壮观的大海我在梦中见过！"

"晓易，你开心什么呀，我们要被淹死了！"欣欣也抓着小船，她看见大海一点也不开心，还很气愤，还好我离她比较远，否则她一定要掐我了。

"这就是大海了吗？我只在爷爷的书本上看过有关大海的描写，果然是一望无际、水天相接呀！"小希也很兴奋，她虽然怕水，可是面对如此伟大的大海，还是忘记了恐惧。

"我们还是先想办法把小船翻过去吧，一直这样抓着很危险呀。"大恒喊。

　　忽然，一个三层楼高的巨浪打来，我们全部沉到了海里。我的手没能抓紧小船，不会游泳，我浮不上去了。

　　我从水下看着天上的大火球，它白白的，随着水花摇晃着，大火球啊大火球，我再也等不到爸爸、妈妈来的那天了，我就要淹死在大海里了。可是，大火球，如果有一天爸爸、妈妈真的来到了这里，请你告诉爸爸，我看见大海了，请你告诉妈妈，我看见玫瑰花了。请你告诉他们，我们创造了宇宙中最美的星球。大火球，其实你也挺美的，特别是当你刚要升起的时候，还有你要降落的时候。大火球，我这样赞美你，可不是因为想求你帮忙才这样说的，我是真心地赞美你，你是那么温暖，那么耀眼，让我叫你太阳吧！因为"阳"就是温暖和耀眼的意思。

　　我感觉自己撞到一个软软的物体，才发现一只巨大的怪兽出现在我身边，它用一只小眼睛看着我。

　　"怪兽啊，反正我也要被淹死了，不然，干脆你把我吃了吧。"我微笑着，摸了摸怪兽的脸蛋，其实，怪兽也挺可爱的。

　　怪兽忽然把我顶到了它的背上。啊，我又看见水上的世界了，大火球也不再摇晃了，不，应该叫它太阳了。

　　他们三个还抓着小船，原来只有我不小心松手了。他们看到我坐在一只怪兽的背上，都兴奋地叫起来。

　　"啊！晓易得救了，吓死我了。"小希破涕为笑。

　　"晓易，我也想到怪兽的背上去，你让它来接我们好不好啊！"大恒喊着，羡慕地仰望着我。

　　哈哈，现在我高高在上了，怪兽的背非常大，浮出水面后，比大恒他们也高多了。

"怪兽兄弟，你让他们也到你的背上来好吗？他们的小船翻了，现在非常危险呀。"我对怪兽说着话，可是不知道怪兽的耳朵在哪里，好像根本就没有，不知道能不能听到我的声音。我摸着怪兽的皮肤，它的皮肤滑滑的。

又是一个三层楼的浪花出现了，大恒他们呼喊着，尖叫着，担心自己什么时候会被冲走，情况非常危急。

怪兽的小眼睛似乎看出了他们的危险，它忽然沉到水下，把他们连同小船一起托上了自己宽广的背上。

"啊，好险呀！"欣欣拍着胸口，"我的心脏病都要犯了，吓死我了！"

"怪兽太好了，真是好怪兽。"大恒亲着怪兽的皮肤，亲切地说着。

怪兽十分欢迎我们，它似乎非常开心，后背忽然喷出一道美丽的喷泉，如同一朵巨花。

"哇！"我们尖叫着，跳跃着。我们发现，不只是我们这边有喷泉，不远处，也有一只怪兽喷出了水花。

"这种动物不是怪兽，它是鲸鱼。"小希笑着，抚摸着鲸鱼的背。

忽然，不远处的那只鲸鱼不喷水了，它高高地跳起，然后又突然沉到了水底。我们看到水面上漂浮着一片血迹。

一只巨大的轮船出现在更远一点的地方，刚才没有看到它，是因为被那只鲸鱼挡住了视线。

轮船上有一群人在欢呼雀跃，他们手上都拿着枪，原来，是他们用枪打中了鲸鱼。

　　"那群人太可恶了！"小希愤怒地说。

　　"呀呀！"大恒拿出水枪，对着那群人射击，可是水射出去不远，就落进了海里。

　　那船上有人用手指着我们，似乎是发出了什么命令，轮船调转船头向我们开来。他们端起枪，瞄准着要对我们开火。

· 13 ·

"这边有人，你们别开枪！"欣欣挥舞着手臂大声叫喊。

"叔叔，别开枪，我们需要帮助，带我们到你们的船上去吧。"我脱下衣服挥舞着，衣服在我手上就像一面旗帜。

"砰！砰！砰！"传来三声枪响，那些叔叔还是开枪了，两颗子弹打在鲸鱼身边的水面上，还有一颗子弹打穿了我的衣服。

"那帮人什么意思？根本不管我们的死活啊！"大恒气愤地举起拳头。

鲸鱼完全没有感觉到危险的存在，它并没有从同伴的鲜血中吸取教训，也没有从飞来的子弹中感觉对方的敌意。它似乎觉得对面的大船很好玩，或者觉得应该把我们送到大船上去，于是鲸鱼反而向大船游去。

"鲸鱼兄啊，我们还是跑吧，那些人不是好东西。"大恒着急地拍着鲸鱼的背，可是鲸鱼完全不理解大恒的意思，依然天真地向大船游去。

"砰！砰！砰！"又是三声枪响，有一颗子弹从我身边飞过，子弹呼啸的声音就跟苍蝇差不多，还有两颗子弹打在了鲸鱼的脸上。

我感觉到鲸鱼全身颤抖着，它没有继续往前游，疼痛让它很想跳起来，就像那只鲸鱼中弹时那样高高地跳起。可是我们的鲸鱼知道，如果它也高高地跳起，那我们四个小朋友就完蛋了。

"哈哈，打中了，打中了！这头抹香鲸可以做多少香水啊！"那群人欢呼着，由于距离拉近，我能听见他们的声音。他们又继续安装子弹，准备在来一轮新的射击。

"鲸鱼兄，我们快跑吧！"大恒拍着鲸鱼的背，趴在鲸鱼的背上哭喊着，"再不跑，我们就要被打死了！"

鲸鱼拍了拍尾巴，似乎理解了大恒的意思，调转方向，使劲地往远处游去。

"砰！砰！砰！"又是三声枪响，还好全都打在了水上，"别让它跑了，打死它，我们就发财了！"

鲸鱼听到枪声，游得更快了，可是大船全速行驶，速度也不慢。鲸鱼原本只要沉到水底就可以摆脱大船的攻击，现在它载着我们，如果它沉下去的话，我们就淹死了。

赛跑了一会儿，轮船离我们越来越近，是鲸鱼的速度开始减慢，它的身体在颤抖。我们在它背上，它又不能和那帮家伙战斗。欣欣着急地跺脚，不知道会不会把鲸鱼踩痛。

"不要开枪了，不要开枪了，上面有人啊！"我继续挥舞着已经破了的衣服，希望那些叔叔良心发现。

"砰！砰！砰！"三声枪响，全部打在了鲸鱼的背上，有一颗子弹就打在大恒的身边。鲸鱼的鲜血从三个弹孔中冒出来，鲸鱼颤抖得更厉害了！它一定非常非常痛，但为了保护我们，依然没有沉到水下去，忍受着剧烈的疼痛，用力地向前游着。它一定不懂，那大船上明明是人，明明是三个大人，为什么他们完全不顾我们四个小朋友的死活，为什么朝着我们发射子弹。我不懂，为什么一定要杀害鲸鱼，为什么鲸鱼愿意保护我们，甚至为了保护我们流着血，而那些大人却要杀鲸鱼，要杀我们！

"我们下水吧！"小希跳上棋盘做成的小船，"不要再拖累鲸鱼了，我们这些没用的小孩，不能保护可爱的鲸鱼，至少不能拖累它！"

听小希这么说，我们三个也立刻跳上了小船，可是小船没有人推的话，也不能下到水里，于是我又跳下小船，把它推了下去。

"砰！砰！砰！"又是三声枪响，又是三颗子弹打进了鲸鱼的身体。鲸鱼以为我们已经全部下水了，哪里知道我还在它的背上。鲸鱼高高地跳起。"啊！"鲸鱼的背滑溜溜的根本抓不住，我手舞足蹈地被抛到了空中。

"晓易！"我听见朋友们的尖叫，我听见大船上那些家伙的欢呼，我听见鲸鱼的哀鸣，我听见风的咆哮，我听见海浪的哭泣，我看见太阳摇着头、叹着气。太阳的声音哑哑的，好像非常口渴，他说："这就是人啊！"

我不明白太阳说这句话的意思，也没有时间去思考这句话的意思。我重重地摔在了海面上……

"晓易！晓易！"我醒过来的时候，小希正在摇晃着我，欣欣和大恒着急地看着我。

"醒过来了，醒过来了！"欣欣兴奋地叫着。

"砰！砰！砰！"又是三声枪响，又是那些大人开心的欢呼。

"为什么鲸鱼又浮上来了呀！它一直往下沉不是很好吗？"欣欣哽咽着。我摇摇晃晃地站了起来，看到遍体鳞伤的鲸鱼，它满身是血，一根鱼叉插在它的背上，鱼叉的上面是一根绳索，绳索挂在大船的栏杆上。

"哈哈哈，抓住你了！看你往哪里逃！就知道你还得浮到水上来呼吸，就知道你没有一般鱼的本事，就知道你不能在水底下呼吸，就知道你得到水面上喷水换气。喷水啊，喷水啊，哈哈，最后再喷一次水吧！"大船上的人狂妄地叫着，他们继续安装子弹，准备在来一轮射击。

"啊——你们这些坏人！"大恒疯狂地叫着，用拳头捶打着棋盘，用他的水枪捶打着棋盘，"为什么我的枪没有子弹，为什么我的枪没有子弹啊！"

"轰！轰！轰！轰！"忽然传来四声巨大的炮响，大船被轰炸出了四个大洞，黑烟遮盖了整个大船，我们听见那三个家伙在惨叫。

"怎么回事？"大恒看了看大船，看了看鲸鱼，又看了看我们，"怎么回事？谁来救鲸鱼兄了？"

只见四门大炮摆在棋盘的前方，两门黑色，两门红色，它们的屁股还在冒烟呢。

"是这四门大炮开火了，呵呵。"小希抹了抹脸上的泪水，笑了起来。

"轰！轰！轰！轰！"又是四声炮响，黑烟弥漫的大船上闪耀着火光，我们看见炮弹的确是从这四门大炮上发射出去的。

"怎么会有四门大炮？"我虽然十分惊讶，但忍不住开心地笑了。

当黑烟散去的时候，大船已经沉到了水底，那些大人划着救生艇向远处逃跑。我们的四门大炮忽然变成了四个棋子，棋子上都写着一个字——"炮"。

"快！去拔掉鲸鱼身上的鱼叉！"小希着急地用手划着水，"鱼叉挂在大船上，那艘下沉的大船会把鲸鱼拉到水下去的！"

我们四个一起用力地滑着水，速度也不会太慢，很快到了鲸鱼的身边。

"鲸鱼兄，你忍一下，我们要拔掉你身上的鱼叉了哦。"大恒抚摸着鲸鱼的背，那上面都是血。

"快动手吧，鲸鱼已经很难受了。"小希说。我们四个一起抓住鱼叉，把鱼叉拔了出来。

一道热乎乎的血柱喷在我们的脸上，鱼叉拔掉了，可是鲸鱼的背上留下一个很大的伤口。

"流这么多血，鲸鱼兄会不会有事啊！"大恒担心地看着鲸鱼。鲸鱼甩了甩尾巴，沉到水底又浮了上来，它身上的血看上去就没那么多了。

我们的四周喷起水来，许许多多的鲸鱼围住了我们，它们唱着歌。一只小鲸鱼还游到我们身边，它对我们摇了摇尾巴，好像向我们打招呼。

小鲸鱼用头拱了拱我们的鲸鱼朋友，我们的鲸鱼朋友也拱了拱它。

忽然，我们的鲸鱼朋友也喷出了水花，水花一开始还带着血，后来水花越来越大，就没有血了。

"耶！我们的鲸鱼朋友没事了！"小希激动地跳跃着，"它终于喷出水来了，它已经很久没有喷水了，终于喷出水来了，它一定是恢复健康了！"

鲸鱼朋友看着我们，我觉得它一定在微笑。它最后对我们甩了甩大尾巴，和它的鲸鱼朋友们一起，向远方游去。

·**14**·

　　大海恢复了平静，我这才发觉自己全身酸痛，已经筋疲力尽了。

　　"你们说，我们这样的星球，到处都是水，能算美丽吗？"欣欣躺倒在小船上问，看来她也累得不行。

　　"当然不能算美丽了，到处都是蓝色，太单调了，而且一旦起风，还有那么大的浪，太危险了。"大恒说。

　　"哎，这样下去，爸爸、妈妈怎么找到我们呀。"我叹息着，都快没信心了，也躺倒在小船上。

　　"咦，那是什么呀？"我指着天上一个小白点问。

　　"哪里哪里？"大家都往天上望去，"的确有一个小白点啊，好像一直在变大哦。"

　　"我觉得是一个飞船。"我说。

　　"我说是一件裙子。"欣欣说。

　　"我说是一个人。"小希说。

　　"哈哈，说不定是鬼魂哦，我听说鬼魂就是白色的。"大恒说着，

对欣欣做着鬼脸。

“啊！你不要吓唬我！”欣欣听说是鬼魂，捂住眼睛尖叫着。

“哈哈，鬼魂来找你了。”大恒追着欣欣，这时候的欣欣完全不记得自己的杀手锏了，她竟然吓得不知道掐大恒，只知道在小船上绕着圈圈逃跑。

很快，小白点变成了大白点，我终于看清楚了是什么。“哇，果然是一个人啊，还是一个女孩。”我兴奋地喊。

“你这么开心啊，不就是一个女孩吗？你就这么喜欢和女孩交朋友吗？”小希不高兴地说。她本来还抬头看着天空的，现在却去看海了。

“呀呀，不是女孩，是女鬼！”大恒还在吓唬欣欣。欣欣抬头一看，吓得浑身发起抖来，只见女孩身穿纯白的连衣裙，穿着纯白的长袜，脸色也是那么苍白，就连长发都是白色的，眼睛却是那么乌黑，嘴唇还是那么嫣红。

“该不会不幸被大恒说中了吧，难道真的有鬼魂吗？”我也怀疑她真的是鬼魂了，怎么全身上下这么白呢？

“怎么办怎么办，鬼魂要来了，怎么办？”大恒着急地跳着，看样子他也害怕了。

“用水枪。”小希对大恒说，“我听说鬼魂怕水的。”

大恒听小希这么说，立刻拿出了水枪：“看我的！”

“唰唰！”一道水柱射向空中，打在女孩身上，可是女孩微微一笑，水柱全都不见了，没有一滴落下。

“你们好。”女孩轻轻地落在小船上，她用大大的眼睛看着我们，非常可爱。

"你好。"我首先打招呼，他们三人都躲到了我后面。

"我是 S 星球来的白云女孩，很高兴认识你们。"白云女孩微笑着说。

"我们是海洋星球的海洋男孩和海洋女孩，很高兴认识你。"我笑着说，现场给我们的星球编造了一个名字。

"啊，你看，她真的没有影子！"大恒尖叫着，小希和欣欣也尖叫了起来。

我看了看白云女孩的身下，的确没有影子，她的身体似乎有点透明，而我们的脚下可以明显地看到影子。

"是鬼魂，真的是鬼魂，鬼魂就是没有影子的！我奶奶说，看她是不是鬼魂，就看她有没有影子！"欣欣吓得抱住了大恒，哭泣着。

"对不起，我确实没有影子，可是我不是鬼魂哦，因为我是白云做的，所以才没有影子的。"白云女孩抱歉地解释。

"我们才不相信你呢，你快走吧。"大恒又举起水枪向白云女孩射击。水柱打进白云女孩的身体，白云女孩默默地承受着，水到了她的身上立刻不见了，完全被她吸收。

"大恒，你这样太不礼貌了，她是白云女孩，不是鬼魂。"我把大恒的水枪一把夺过来，又还给了他。

"晓易，你是站在哪一边的？"小希不高兴地问。

我看了看小希那张生气的脸，又看了看白云女孩那美丽的微笑，为难地说："啊？我们都是好朋友嘛，她真的不是鬼魂，她真的是白云女孩。"

"哼！"小希转头背对我，"我不跟你好了！"

"晓易，你要跟鬼魂玩，那你就跟鬼魂玩吧，我是真的不敢。"大恒说，也站到小希那边。欣欣更是早就抱着小希发抖去了。

"你们，你们……"我看着他们三人，觉得心里很难受，他们都是我最好的朋友。

"晓易，你还是别跟她玩啦，鬼魂真的很危险的，鬼魂会骗人，然后把人杀死的。"欣欣对我说。其实他们还是关心我的，只是害怕白云女孩是鬼魂。

"既然你们都不相信我，那我还是离开吧，只是，我想带走一些你们星球上的水，可以吗？"白云女孩说，她的声音好听得就像风铃，口气里却似乎饱含着悲伤。

"当然可以啦，你要多少都可以，我们星球什么都缺，就是不缺水。"我苦笑着说，"不过你可以告诉我为什么需要这些没用的水吗？"

"水是很有用的，没有水，人就会口渴，没有水，人就不能洗澡，没有水，土地就会干旱，就长不出粮食了，人们就会饿死。我们的星球非常缺水，已经有很多人因此死去，所以我想来这里搬水，我要救他们，要给他们下雨。"白云女孩说，善良的脸上充满了忧郁。

"原来水是这么重要啊，那你快搬吧，我能帮什么忙吗？"我问。

"晓易，你不要被骗了。"大恒在我身后焦急地喊。

白云女孩笑了笑："如果你相信我，那就在我头发变成灰色的时候通知我一下，因为如果我吸收了太多水，头发都变成黑色的话，我就飞不回去了。"

"好的，我相信你！"我坚决地说。

白云女孩开始工作了，她跳进水里，只有头发还浮在水面，过了一会儿工夫，她的头发真的开始慢慢变灰。

"变成灰色了！"我大声地喊，真怕她沉在水里听不见。

"是浅灰还是深灰？"白云女孩问。她的声音从水里发出，听上去十分痛苦，也许她沉在水里的时候也需要憋气。

"浅灰色。"我说，"不，现在变成深灰了！"

"好的，谢谢。"白云女孩现在变成了乌云女孩，她跃出水面飞上了天空。我望着她的身影，她原本瘦小的身体现在变得肥胖，脸蛋也没有那么可爱了，可是她的心灵是最美的。她可一定要安全地回到她的星球呀，给干渴的人们送去雨水。

白云女孩消失在空中，他们三人才松了一口气。欣欣说："鬼魂终于走了啊！"

"她真的不是鬼魂，她为了救他们星球的人们，才来我们星球搬水的，她是最善良的白云女孩！"我有点生气，"你们真的冤枉她了！"

"我听说女鬼就是会迷惑男孩子的，男孩子一旦被女鬼迷惑，就会认为她是最好的女孩。"小希说。

"啊！她又回来了！"欣欣一声尖叫，指着天上，果然，白云女孩正在缓缓落下。

白云女孩重新变得洁白无瑕，轻轻地落在小船上。小希他们三人又吓得抱成一团。

"太谢谢你们星球上的水了，我们星球的人们不会口渴了，可是他们身上还很脏，我想再搬一些水，让他们洗洗澡。"白云女孩微笑着说。

"我觉得你累了，要不要休息休息？"我问。

"不要了，我在这里待太久，他们三人会害怕的，而且我们星球还缺水呢。"白云女孩跳进了水里，她的长发又开始变色。

"深灰了！"我喊。她又最后吸了一口水，摇晃着飞上了天空。

"她不会再来了吧？"欣欣生气地说。

"应该不会了吧，她已经带走那么多水了。"大恒抬着头说。

可是过了一段时间，白云女孩又来了，轻轻地飘落在小船上："谢谢你们星球的水，你都想象不到，我们星球的人们，看到天上下雨的时候有多么开心，我终于让他们把身子和衣服都洗干净了。"

白云女孩喘着气，看样子非常非常疲惫。我对她说："你真的累了，该休息了。"

"嗯，我的确很累，可是我要最后努力一次，土地还没有长出庄稼，山坡还没有长出青草，我要给他们再下一次雨。"白云女孩又一次跳进水里。她多么伟大啊，辛辛苦苦为缺水的人们搬水，却不让自己休息。

"深灰色了！"我喊，白云女孩又多吸了一口水才浮出水面。她总是想多搬一些水，疲惫的她艰难地向空中飘起。

就在这个时候，一道水柱向白云女孩射去！

· 15 ·

　　水柱射在白云女孩的背上，射进白云女孩的身体，她的背一下子变成了不祥的黑色。我赶忙跳过去用身体挡住第二波水柱。

　　"你别乱来！"我狠狠瞪一眼小希，因为水枪就握在她的手上。我失望地说："小希，你怎么会做这种事？"

　　"你真的被女鬼迷惑了，我们应该为宇宙除掉这些危险的女鬼。"小希放下了水枪，因为水柱只能射在我的胸口，她也没必要再喷水了。好冷的水呀，还有小希说话的口气，多么冰凉伤人的口气。我的胸口仿佛结了一层冰，想说些什么却说不出来。

　　"她还是飞走了。"欣欣抬头看着天空。

　　我也往空中望去，白云女孩从身体到裙子到袜子都是一片乌黑，连飘舞的长发都是黑的。她的身体膨胀成一个圆球，脸蛋只剩下眼睛还有一点白色，正看着我。我看到她的眼神是那么的痛苦，那么的脆弱。

　　"白云女孩，你快下来，你不是说，如果变成了黑色，是飞不回去的吗！"我焦急地喊，用力向她挥手。

白云女孩没有说话，慢慢举起手对我挥了挥，和我告别。她似乎已经不能说话了，即使可以说话，也不可能大声地说，可是她为什么不降落呢？

"白云女孩，白云女孩，你快下来，你变成黑色了！"我喊着，声音都沙哑了，可是白云女孩还在不停地上升，"白云女孩，难道你不能马上释放你的水吗？难道你不能给我们的星球也下一场雨吗？"

"轰隆隆！"天上发出一声巨大的雷声，我们的天空忽然乌云密布了。

"怎么回事？"欣欣又尖叫着抓住大恒的肩膀，"该不是女鬼要打雷轰死我们吧？"

我傻傻地望着灰色的天空，太阳已经被乌云挡住，又是一道白色的闪电，又是一声巨大的雷声。

几滴晶莹剔透的水滴落在我的脸上，冰凉冰凉的，我依然注视着天空，我要看到白云女孩降落回来的身影。雨越下越大，雨滴落进我的眼里，我眨了眨眼，继续凝视着空中的乌云。

"晓易，我觉得我是错了，她真的会下雨，她真的是白云女孩。"大恒搭着我的肩膀，他和我一起望着天空。我们的身上全湿了，雨水在我的脸上流淌，流过我的脖子，流入我的胸口，流进我的心里，我的心颤抖着。

"我知道她为什么不能在下面释放身上的水了，因为白云必须在空中遇见冷空气的时候才会降雨。"小希思索着说。

我忽然回头看着小希："这么说来，你也知道错了？！你也相信她是真正的白云女孩了？知道她不是女鬼了吧！"

"是啊。"小希点了点头,"因为她真的变成云朵了,真的下雨了。"

如果那道水柱是大恒射的,我肯定就过去和他打架了,可是面对小希我却无能为力,只能生气地说:"因为你多射了那些水,你可能杀了可爱善良的白云女孩,你知道吗?你知道吗!"

小希点了点头,她的眼眶流出了一点泪水:"对不起。"

"算了,你们这些不明是非、冤枉好人的家伙。"我狠狠地说,望着天空,希望看到白云女孩可以奇迹般出现。

忽然,小希在我身后大声地哭了起来:"晓易,我绝对不再和你说话了,如果白云女孩没有降雨,我们怎么知道她是白云女孩,她的样子那么奇怪,连头发都是白色的,还没有影子,我们能不怀疑她是鬼吗?我们叫你不要相信她,还不是为了你好吗!你这个没良心的家伙,我们绝交!"

我一下子慌了神,怎么连绝交都说出来了。我跑到小希身边。她已经蹲在小船上,把头埋在膝盖上哭泣着。

"是的,没错,你们也是为我好。"我蹲在小希身边说,结果她一掌把我推翻。

"晓易,你就是这样,专门惹小希生气,她真的要和你绝交了,你就去找你的什么白云女孩交朋友去吧,我也不想理你了。"欣欣也对我发动攻击。

"晓易,我们永远是好朋友,可是如果她们两个都不跟你玩了,那我还是得站在她们一边,我们的星球有很多危险,她们是女孩子,我有保护她们的责任。"大恒拍着我的肩膀,认真地说着,听起来更让人生气。

"可是，你们看白云女孩那么美丽，那么可爱，难道就看不出来她是一个善良的好女孩吗？为什么我就能看出来她是一个好女孩，你们就看不……"

"哼哼！"小希打断了我的说话，站了起来，愤怒地瞪着我，挥舞着小拳头，"原来你是这样明辨是非的？你说我们不明是非，可是，原来你是从别人长得可不可爱来判断是不是好人的，你太傻了！这次你是运气好，没有真的碰上坏人，总有一天，你要被骗的！"

小希说完话，转身走出了小船。她走在一片白色的世界中，白色的雪花落在她的背影上。在她和小船之间，是一个个美丽的脚印，是她离开我的一个个脚印。

"怎么下雪了？"我自言自语地问。只有寒风回答我的问题，因为他们三人真的都走了。欣欣追上了小希，大恒也追上了她们。

那三个熟悉的身影还在远处，他们静静地站在那里，也许他们在等我跑过去。可是我怎么可以跑过去，如果我跑过去，就得向他们认错，可是我哪里有什么错？明明是他们错了，他们把好好的白云女孩说成了女鬼，他们可能杀害了白云女孩，就因为他们人多，就要逼迫我屈服吗？

我咬了咬嘴唇，收起雪地上的棋盘，向相反的方向走去！

天空依然乌云密布，雨雪打在脸上软软的轻轻的。这些洁白的雪花，是不是白云女孩变的呢？如果是她洁白的身体和无瑕的裙子变的，那她就回到我们星球了。可是，最好不是她变的吧，我希望她只是给我们下了一场雪，释放了身上的水，她重新变得洁白无瑕，然后回到了自己的星球。

　　一阵寒风吹来，刮得脸上好疼呀，原来没有朋友的世界是这么冷。我回头往他们三人的方向望去，可是已经看不见他们了。

　　"砰！砰！砰！"忽然，他们三人所在的方向，传来了三声枪响！

·16·

所有的不愉快都不重要了，他们可能遇到了危险，我一定要去帮助他们。

我奋力地向他们的方向奔跑，可是雪太厚了，没过了我的小腿，每一次迈动脚步，都要把腿从雪地里面拔出来。他们在一个小雪坡的后面，我还得爬上一个小坡。

跑到半山腰我就累得气喘吁吁，喘出来的热气像一层雾一样笼罩在我面前。我一屁股坐在了地上："就让我休息一会儿吧！"

"砰！砰！砰！"雪坡那边又传来三声枪响，我的双腿真的已经没有力气了，但是枪声还在继续。我硬把自己从雪地里拔起来，结果双腿一软又趴在冰冷的地上。我不想放弃，双手还有力气，我艰难地爬行。"小希，大恒，欣欣，你们一定要好好的，我马上就来了！"

不知道过了多久，我全身酸麻，终于爬到了雪坡上。"砰！"远处又传来一声枪响，可是白茫茫一片的雪地中，并没有一个人影。

难道他们已经翻过了另一个雪坡吗？我仔细地看着雪地，希望看到他们的脚印，可是他们的脚印已经被雪花覆盖了。

"啊？那里有一头北极熊！"不远处一个庞然大物就坐在地上，背对着我。我一开始居然没有发现它，因为北极熊的皮毛也是雪白色的，和四周的雪地融为一体。

我不知道这头大熊会不会吃人，我觉得，只要我对它友好，它即使不和我交朋友，也不至于伤害我吧。

我选好了角度滚下雪坡，刚好从北极熊的身边滚过。

"你好。"我躺在地上，对北极熊招了招手。我觉得它好面熟啊，像极了老爷爷送给小希的那个毛绒玩具，只是面前这头比那只小熊大出了好几十倍。

北极熊看着我，居然伸出手，也学着我的样子挥了挥。

"啊！你们在这里！"北极熊原本把手盖住肚子，它一伸开手，我看见小希他们三人就躺在北极熊的怀里。他们都美美地睡着了，他们好幸福呀，他们好温暖呀。

"怎么了？"欣欣揉了揉眼睛，忽然看到了我，"呀，是晓易！"

我退后了一步，我想我应该离开了，他们不仅非常安全，而且非常舒适，根本不需要我的帮助。

"晓易！"小希也醒了，她一看见我就冲了出来，握住我的手说，"晓易，你终于回来了！刚才我梦见你遇见了坏人，坏人正拿着枪追你呢，吓死我了。晓易，你不要再离开我们了好吗？"

我的喉咙不知道被什么卡住，本来想说不是我离开你们，是你们离开了我，可是我说不出来，只是默默地点着头。

"晓易，快到小熊的怀里温暖一下吧，我们的星球太冷了。"小希把我拉进北极熊的怀抱。

一股暖流笼罩我的全身，涌入我的心中，北极熊的肚子好软呀，这是全宇宙最舒服的床了，我开心地笑了。其实朋友们是关心我的，朋友们是最温暖的，他们是真正的好朋友。

"晓易，是我错了，我非常的后悔，真不应该用水枪射击白云女孩，可是我非常担心你被她骗了，我怕你被她骗去了S星球，我怕你会离开我们，对不起。"小希抽泣着，紧紧握住我的手。

"我是不会离开你们的，我们是全宇宙最好的朋友，我们要一起建造一个全宇宙最美的星球，让我们的爸爸、妈妈一起来这里生活，我们永远不会分开，永远都住在一起！"我激动地说，泪水不知不觉流出了眼眶。回到朋友的怀抱真好，可是想到爸爸、妈妈我又伤心了，眼前这个白茫茫的世界并不美，这样冰冷的星球并不美，爸爸、妈妈什么时候才能找到我们呀！

"砰！砰！"远处又传来枪声，似乎比之前要大声了一些，还隐约能听见有人在大叫。

"大恒，该醒啦。"我用力摇了摇睡在身边的大恒，只有他没有起来欢迎我。

"嗯……"大恒迷迷糊糊地睁开眼睛，看到我的时候马上就笑了，"哈哈，我就说嘛，晓易肯定会回来的，小希还在这里呢。"

"说什么呢！"我一拳捶在大恒的肩上，"我是听到这边有枪声才过来的。"

"有枪声？"大恒立刻掏出了他那把没用的水枪，爬出北极熊的怀抱，警戒地站在雪地里看着远方。

"你们刚才都睡着了，所以没有听见。"我说着也从北极熊的怀里走出。

"哦，难怪我一直梦见有人在开枪呢。"欣欣紧张地抱住北极熊的手臂。

"也许是什么猎人吧，如果有坏人来了，我觉得应该赶紧让小熊变成以前的样子，免得被猎人伤害。"小希走出了北极熊的怀抱，踮起脚尖伸长手臂，摸了摸北极熊的脸颊，"小熊，乖乖的，你应该回到我的怀里了。"

"好乖好乖。"北极熊果然变回了毛绒玩具，小希把它抱在怀里，抚摸着它的耳朵。

"救命呀！救命呀！"一个男孩出现在了不远处。他看到了我们，如同看到了救星，奋力向我们跑来，可是他的小腿也陷在雪里，跑起来速度很慢。

"我觉得他很眼熟。"小希沉思着，看着那个男孩。

"是吗？"我也有同感，仔细回想着，却不知道什么时候见过这个男孩。

"我想起来了，是在宇宙大爆炸以前见过的，哈哈，就是那个宇王卫队的小卫士！晓易，就是那个踹你屁股的小卫士。"小希拍着手兴奋地说。

"哼，他一共踹了我两脚呢，可不是一脚。"我有些生气地说。

"看来不是什么好东西哦。"大恒挥着水枪，"晓易，我一定帮你教训他一顿！"

"救命呀，救命呀！"那个男孩恐惧嘶哑的声音传来。在他的身后，出现了两个大人，两个大人端起枪。"砰！砰！"两颗子弹打在男孩的身边，子弹在男孩的脚边溅起一点雪花。

男孩的手上也有一把枪，他转身向大人射击，可是根本没有子弹射出，看来子弹已经打光了。男孩把枪一丢，继续连滚带爬地奔向我们。

"怎么办？"我问，"我们要不要救他？"

"我们拿什么救他，我们为什么要救他，他可不是什么好东西呀！"大恒喊。

"我们也快跑吧！"欣欣拉着小希的手，"快跑吧！"

"救救我吧，朋友们，我的爷爷生病了，我偷了药材的小苗。我听一个老人说，这棵小苗只有在你们这个寒冷的星球才能长成，所以我来到了这里，而那些坏人要抓我回去。"男孩已经滚到了我们的面前，筋疲力尽地躺在地上，拼命地喘着气，他的手心确实握着一棵绿色的小苗。

"你偷了别人的东西，还好意思说呢。"欣欣指着男孩的鼻子说，"你真不要脸，你还是快回你们星球吧！"

"你们不知道，这是宇王的药材，是人参的小苗，这棵小苗在我们星球那块贫瘠的土地上根本长不出来，而且人参只有在寒冷的地方才能长出药效。宇王却要藏着它，我求宇王让我把小苗带到这里来种植，救我爷爷的生命，可是狠心的宇王根本不理我。为了救爷爷，我只好偷来了小苗。小苗如果长大了，就会繁出更多的小苗，到时候我会还给宇王一棵相同的小苗，你们相信我……"

　　"砰！砰！"不远处又传来两声枪响，一颗子弹打进了男孩的手臂，那只手是握着小苗的，这是可以救他爷爷生命的小苗呀。男孩虽然受伤了，可是他绝对不会松开握住小苗的手！

　　"唰唰！"一道水柱向两个大人射出。大恒这把水枪从来就没有发挥过什么作用，想不到，这一次水柱在空中凝固了，成了许多的冰锥，无数的冰锥像子弹一样向前飞去。

· **17** ·

"啊！啊！"两个大人惨叫着，抱着头在雪地上打滚。

"哇！大恒好厉害呀！"欣欣兴奋地跳起来，她原本还恐惧地抓着小希的手呢。

"他们两个是宇王的卫士，是宇王的走狗，以前我以为当宇王的卫士是最光荣的，后来才知道宇王是多么的残暴，当他没肉吃的时候，就让卫士杀掉一个人给他吃。我爷爷生病了，明明有药材，明明那药材也不是宇王的，可是宇王硬说是他的，就是不给我爷爷治病。那两个卫士要帮宇王来抓我，还对我开枪，谢谢你们救了我。"男孩坚强地忍受着手臂的伤痛，中弹的伤口淌着鲜血，鲜血染红了他身边的雪地。

"他是一个小偷，你们四个小朋友怎么可以保护小偷呢！你们要分清楚好人和坏人呀！"对面的卫士对我们喊。

"是啊，怎么办？我们怎么可以保护小偷呢？"大恒收起了水枪，怀疑地看着男孩，"你这小子以前还欺负过我朋友，你肯定不是什么好东西。"

男孩的脸色变得苍白，他的声音颤抖："这种救命的小苗，是我爸爸发现的，可惜我们星球不怎么寒冷，所以长不出这种药的效果，不能完全治好爷爷的疾病。就在我爸爸研究怎么提高药效的时候，宇王却抢走了所有的药材，因为他听说这种药材是可以救命的，他要留着以后救他的小命。你们说，谁才是小偷？谁才是强盗！"

"宇王是小偷，宇王是强盗！"我情不自禁地喊，"太可恶了！"

"你们别被他骗了。"那边的卫士着急地喊着，"那臭小子是最会骗人的。"

"我觉得你确实不是什么好东西。"大恒对躺在雪地上的小卫士说，"因为你成天和那些卫士混在一起，肯定都学坏了！"

男孩用力翻了个身，他把小苗插进了雪地里："无论如何，我求你们保护这棵小苗，至于我，是死是活已经不重要了。我可以被他们带回星球，做成宇王的午餐，只求你们保护这棵小苗，当它长成的时候，我爸爸会来这里取，就可以治好爷爷的疾病了。"

听男孩这么说，欣欣和小希的眼眶中已经有泪水在打转，大恒也犹豫了。

"救救他吧，因为他爱他的爷爷，我也爱我的爷爷！"小希眼中的泪水还是流了出来，她不想让人看见她哭泣，不想让人看出她想念爷爷，转身走到了一边。

"你们两个走吧，我们要救他，他不是小偷，你们的宇王才是小偷！"大恒举起手中的水枪对准那两个卫士，"你们马上给我离开！"

那两个卫士知道冰锥的厉害，见大恒又要发射，立刻抱着头转身逃走。

"谢谢你们，我一定会报答救命之恩！"男孩的脸上写满了坚强。

"但是你的屁股要让我踹两下。"大恒说着走了过去，真的抬起了脚。

"大恒，不要。"我赶紧过去拉走大恒，"以前的事情都过去了，不要记仇啊，而且他现在都伤成这样了。"

"你叫什么名字呀？"欣欣走过来问。

"我叫利特，谢谢你们，我以前确实是一个坏人，但是请相信我，我会重新做一个好人。"利特坚决地说。

"好的！我们相信你。"我开心地说。

往后的日子利特始终守在小苗的身边，有时候雪下得大了，他就成了一个雪人。我帮他扫掉头上的冰雪，他就对我苦恼地笑笑："太慢了，太慢了……"

"什么太慢了？"我问。

"小苗长得太慢了。"他忧伤地看着雪地上的小苗，小苗已经长高了不少，只是还没有长出那个叫人参的药来。

"快了，快了。"我拍拍他的肩膀，又去找他们三人玩去了。

小希的毛绒玩具又变成大大的北极熊，北极熊的怀抱是我们温暖的小屋。北极熊还会到冰下为我们抓来好吃的小鱼，北极熊还让我们骑在背上，载着我们向远方行走。我们知道了星球是圆的，因为我们一直向前走，却走回了出发的地方。

走在没有尽头的冰天雪地，我们依然没有放弃希望。夜晚，我和小希坐在一个雪坡之上，小希指着漫天的星斗说："爸爸、妈妈就在那边。"

"那边离我们多远？"我痴痴地望着星空。

"很远很远，可是我相信他们也会找到我们的星球，已经有很多人来过我们的星球，我们的星球，不会永远是冰天。"小希看着我，"你相信吗？"

"当然相信。"我微笑着说。

小希也笑了，可是又突然充满了哀伤："晓易，你还记得我们的约定吗？如果有一天我们走散了，如果你找不到我了，我们一起向着北极星的方向走，你一定要找到我。"

"我们的约定？哦，好的。"其实我不知道小希在说些什么，我望着夜空中最亮的北极星，点了点头。

我认为我们永远不会再走散，无论发生什么争吵我都不会离开他们。可是没有想到，有一天我们真的会分开，有一天我们会真的找不到对方，而那一天真的来了。

那一天，我们四人分成两队打雪仗，我和小希一队，大恒和欣欣一队，北极熊去为我们抓鱼儿了。至于利特，我们早就忘记了他，我们在星球的这一边，他在星球的那一边，他应该已经回到爷爷身边了吧，祝愿他的爷爷身体健康。

我们互相丢着雪球，两队之间拉开一段比较长的距离，雪球在空中划出一道道美丽的弧线。

"啊，哈哈！"我兴奋地跳着，因为我用雪球打下了一个大恒丢来的雪球，大恒的雪球在空中被我的击成了碎片。

"呀，看我的！"大恒又是一个雪球向我丢来，雪球落在我的脚下。我挑衅地把雪球踩扁，对大恒喊"你要加油啊"。

　　忽然，我感到脚下激烈地摇晃着，甚至站不稳了。小希马上蹲在地上。我惊慌地问："发生什么了？"

　　"地震！记得原球快爆炸的时候吗？那时候也是这样震的。"小希恐惧地说。

　　"不要怕，不就是摇一摇而已吗。"我勉强笑一笑，心里却是很恐惧，不知道这样震下去会发生什么，应该不会再爆炸一次吧。

　　可怕的事情真的发生了，在大恒和我之间裂开了一道缝，我向大恒和欣欣那边跑了几步，裂缝在渐渐地变大。我对他们喊："大恒，欣欣，快跑过来！"

　　可是，当我跑到裂缝的面前，裂缝却不见了，什么都不见了，一切都变化得太快，甚至无法看清是怎么发生的，就像眼前忽然被一张图画遮住，而那张图画居然就是眼前的现实。

　　我的身体剧烈地摇晃着，眼前是一个巨大的深坑，他们呢？大恒，欣欣，你们在哪里？

　　我被晃倒在地，正好看到一个巨大的冰块向天空飞去，许多小碎片在迎风飞舞。我呆呆地望着那巨大的冰块，一直到它飞得很远很远，变成了一个小小的圆点。我这才渐渐明白，大恒和欣欣，就在那冰块上面，大恒和欣欣，就这样飞到了天上。

　　我头晕，虽然地面已经不摇晃了，可是依然头晕。我忽然想起了小希，是的，大恒和欣欣不见了，可是还有小希，我可以和她商量如何救他们回来，小希是我们当中最聪明的。

　　我翻身向小希的方向望去，一座高耸入云的山峰挡在了我的面前，小希也消失不见了！

·18·

　　我望着眼前的大山，望了很久才从震惊中清醒过来，我几乎要绝望了，大山太高了，根本看不到山顶，山顶似乎已经穿过了天空，笼罩在云雾之中。

　　"小希……小希……"我大声地喊着，我知道小希一定是在山的那边了，我还是不停地喊，万一小希是和我捉迷藏呢。可是她真的没有出现，面前这座讨厌的大山，将我们远远地隔开了。

　　我寻找绕过大山的道路，多希望大山的某处有一个隧道，可是大山广阔无边，根本绕不过去，至于隧道，就更不可能存在。

　　小希一个人在那边会不会孤单呢？她的小熊在那边吗？她会不会遇上什么危险？

　　我踏上了爬山的道路："小希，我一定要找到你！"

　　山上并没有道路，只有一块一块奇怪的大石头和潮湿的泥土。我小心选择着每一次落脚的位置，如果哪一脚没踩稳，就要扑通扑通滚回山脚。

汗水一滴一滴从我的鼻尖滑落，我的手掌磨出一道道血迹，可我绝不放弃。夜晚，我找一块安全些的地方睡觉，白天，我不停地前进。

"晓易，如果有一天我们走散了，如果有一天你找不到我了，我们一起朝着北极星的方向走，你一定要找到我，好吗？"

"好！"我回想着小希的话，那时候，我不明白她在说什么，没有回答她，现在，我朝着北极星走着，北极星给我指明了方向，只要朝着北极星前进，我就不会迷失方向。可是小希，你要在原地等我啊，如果你也朝着北极星的方向往前走，那你不是离我远去了吗？

夜晚不仅有北极星陪伴我，还多出了大恒、欣欣所在的大冰块，大冰块只有晚上的时候才能看见，它散发着金黄色的光芒，使夜晚不再那么黑暗，大山仿佛披上一层银色的纱。

大冰块起初是圆形的，后来它变小了，缺了一个角，这可能是因为冰块在融化。

大恒和欣欣还好吗？他们也一定要安全呀，可是冰块不断地融化着，后来只剩下一半了，过了几天，又变成了一条小船的模样。如果冰块完全融化的话，大恒和欣欣怎么办呀！他们是不是就要掉下来了，冰块飞得那么高，从那么高的地方落下，是要摔得很惨的啊。

我每天晚上都担心地看着冰块，而冰块还是彻底完了，终于有一天，它完全不见了。我望着满天的星斗，希望还有一点冰块的踪影，可是真的彻底不见了。

"大恒！欣欣！"我大声呼喊他们的名字，却只有对面山谷传来的回声。我的好朋友们，我们说好要一起创造最美的星球，为什么结局会是这样呢？

这一天，我躺在一块大石头上，在泪水中睡去。

"晓易，晓易。"我睁开眼睛，听到一个女孩在叫我的名字。

"是谁？"我坐了起来，可是四周没有人呀。

"晓易。"不远处走出一个白色的人影，全身晶莹剔透的白色人影，连长发都是白色的。

"白云女孩！"我跳了起来，"你怎么在这里？你那时候是不是飞回自己的星球去了？"

"是啊，现在，我又回来找你了。"白云女孩微笑着，向我慢慢地走来，"晓易，你怎么不过来？你看到我，不觉得开心吗？"

我已经很久没有和人说话了，我多希望有一个朋友和我聊聊天呀，更何况白云女孩是一个善良的好女孩。

"我当然开心啦，我以为再也见不到你了。"我向白云女孩走去，可是忽然觉得有什么地方不对劲。

"晓易，你怎么停下了脚步，你过来呀，我好想念你，我特意回来看你的，晓易。"白云女孩还是那么的可爱，那么的美丽，她着急地看着我，等待着我过去。

"白云女孩，你们星球现在还缺水吗？"我说着向她走过去一步。

"我们星球现在不缺水了，晓易，你快过来。"白云女孩似乎有点等不及了。

"为什么你知道我的名字？"我忽然全身发抖起来，我记得我从来没有告诉过白云女孩我的名字。我想起来了，那时候我对她说我是海洋男孩！

对面的女孩看着我，着急地说："晓易，你真的不过来吗？我真的是白云女孩，你再不过来，我就要走了，我就不跟你好了，你永远也别想再见到我。"

"晓易，原来你就是这样明辨是非的，你居然因为别人长得可爱就判断别人是好人，晓易，有一天你会被骗的！"我的心中传来小希的声音。我坚决地对面前的女孩说："你走吧，白云女孩不知道我的名字，你肯定不是白云女孩！"

忽然，远处的地平线发出一道金色的光芒，太阳露出了它的额头，面前的女孩痛苦地呻吟一声，阳光把她的身体穿透。她的身体变形了，慢慢地散开。

"你到底是谁？"我问，"还有，你怎么知道我的名字？"

"我是山雾精灵，你就要登上我们昆仑山的山顶了，我不想让你成功……不久前我在山那边遇见一个女孩，她认错了人，把我叫做白云女孩。我和她聊了聊，知道她在找晓易，我猜找的就是你了……"山雾精灵已经散成薄薄的一团，她说话的声音越来越微弱，终于听不见了。

我的面前是一道悬崖，只差一步我就要落进万丈深渊。我看着渐渐升高的太阳，山风吹在我的脸上，我的背上流满了冰冷的汗水。差一点，我就要粉身碎骨了；差一点，我就再也找不到小希了；差一点，我就等不到爸爸、妈妈了。

太阳完全升起，照亮整个山谷，一夜之间，原本光秃秃的山坡长出了一棵棵小草，到处都是美丽的绿色。一群梅花鹿从半山腰慢慢跑过，它们轻盈的脚步优雅极了。我不禁感叹："我们的星球好漂亮呀！"

草丛里隐藏着各种小花，五颜六色的蝴蝶绕着花朵翩翩飞舞，泥土比较厚实的地方还长出小树，鸟儿站在树枝上唱着不同的歌。生机勃勃的世界给我带来了动力，我爬得更快了，就在这一天，我爬到了山顶！

一幅广阔的画卷映入眼帘，我看到了山那边的世界，远处还有一座更高的山，那是很远很远的地方。在两座山之间是翠绿的平原，我看见了田野，看见了风车，看见了许许多多小小的房子。一定是有许多人来到了我们的星球啦，我开心地笑了。"哈哈，爸爸、妈妈会不会就在那里呢？我们的星球一定是全宇宙最美的星球，不然为什么这么多的人会来这里安家呢？"

"晓易！晓易！"我听见了小希的声音。

"小希！小希！"我兴奋地喊着，四处寻找小希的身影。

"晓易，我在这里！"小希终于冒出了脸，原来，她也刚从山那边爬上来了！

"小希！"我跑过去抓住了她的手。她的手也和我一样，血迹斑斑，满是泥土。我把小希拉了上来，我们紧紧地拥抱在一起。

"为什么你不在山下等我？爬这座山好危险的呀！"我看到她额头上有一个小伤口，一定曾经摔倒过。

"因为我要找到你呀！"小希微笑着，她的脸忽然红了，转过身，"你不想早一点看到我吗？"

风吹过我们的身体，吹起了小希的长发。我们似乎长大了，原来我们爬这座山，用了那么久那么久，艰辛的路把我们历练得更加坚强。

"嘿！你们在这里呀！"天空中传来一声喜悦的呼喊，我和小希都朝空中望去。

"那是谁啊？"我开心地笑了，天空中是一个墨绿色的降落伞，张开的降落伞下，是大恒和欣欣！

"大恒！欣欣！"小希挥舞着手臂，兴奋地拍着手。

"哈哈！我们是永远分不开的好朋友啊！"大恒和欣欣落在我们的面前，大恒感叹着，"没想到我们星球的天空有这么高，真不该那么早就打开降落伞，降落伞在空中飘得好慢啊，飘得我们好苦啊！"

我帮大恒解下背上的绳子。小希早就和欣欣抱在一起又是哭又是笑了。

"哈哈哈。"身穿黑色长袍的老爷爷不知道什么时候出现在山顶，他的手里拿着时间开关，宇宙的时间就是那个大沙漏启动的。

"老爷爷，你怎么拿到了这个？"我奇怪地问，"而且，这个开关现在还有用吗？"

"这个时间开关本来就是我的呀。"老爷爷微笑着说，"我的名字叫'阳'，我是那个时间少年。"

"啊？"我吃惊地看着他，小希问，"那你怎么一下子变得这么老？"

"我也没想到呀，这是我必须付出的代价吧，我妹妹也一下子变老了，所以她很不高兴，她要取消时间，在宇宙里到处寻找回到原球的洞口。"老爷爷的口气有些悲伤，"她总是怪我，哎，怪我啊，她以前很听我话的，现在见到我就骂。"

"如果她成功取消了时间，我们会怎么样？"小希认真地问。

"你们就会回到原球，回到光海，出现在光海里那面镜子的前面。"老爷爷说，"我也会回到妹妹的对面，继续和她下棋。"

"那我们就能回家了？"大恒问。

"回不了的，一旦回到镜子前，晓易还是会把时间开关往镜子上一敲，然后我妹妹还是暂停不了这个镜子启动的时间，原球还要再爆炸一次。"老爷爷说，"因为时间一旦取消，你们会把经历过的这些全部忘掉，晓易只会记得自己要启动时间，所以我一直劝我妹妹要放弃，既然故事开始了，就让它开始到底呀。"

我们四个小朋友都没有说话，不知道老爷爷在说什么。

"哈哈哈，不说这些了，你们还回什么家呀。"老爷爷忽然笑了起来，他换了一个口气，郑重地宣布，"这个星球就是你们的家啦，现在你们的爸爸、妈妈已经在山下了，他们来到了你们的星球，因为你们的星球是全宇宙最美的。"

"真的……真的吗？"我有点不敢相信。

"真的！当然是真的！"

"哇……"我们大声地欢呼，"我们成功了，我们成功了！"

"你们的星球经过许多磨难，但是那些磨难都被你们克服，你们的星球在宇宙中第一个焕发生机，你们的星球最适宜人类居住，是最美的！"老爷爷欣慰地说。

· **19** ·

　　山下传来呼呼的响声，原来是一架圆形的飞船飞到了山顶，飞船打开舱门，走出了一个男孩。

　　"利特，是你！"我兴奋地和他打招呼。

　　"是你们！"利特也很兴奋，"我看到有降落伞落在这里，所以上来看看，想不到终于找到了你们！"

　　"哈哈，是我们呀，对了，那个叫人参的药种出来了吗？"大恒问。

　　"种出来了，谢谢你们当时救了我，也因此救了我的爷爷，真的太谢谢你们了。我们上飞船吧，全城的人们都在寻找你们，你们的亲人也都在下面呢。"利特把我们带进了飞船。我们向老爷爷告别，他举着大沙漏向我们挥手。

　　哈哈，我终于和爸爸、妈妈在一起了，小希、欣欣、大恒也和我一样幸福，我们四家还和原来一样是邻居。人们推举小希的爷爷担任星球的第一任首领，因为他是我们星球中最有知识的人，也是品德高尚的人。

"宇王来啦！宇王来啦！"我们刚推选完首领，一艘金色大飞船降落在我们的星球，舱门打开，走出一队威风凛凛的卫士。

大人们看见卫队的阵势就瑟瑟发抖。小希的爷爷挥了挥手让大家冷静，他让我掏出时间老人送的棋子，从里面挑了四个"炮"，然后一个人走向宇王的飞船。

"爷爷！"小希担心地追了上去，我和大恒也跟在小希身后。

"卫士们听好了。"小希爷爷用浑厚的声音说，"这里是爱和宽容的星球，只要你们愿意加入，我们可以一起在这个星球上幸福地生活。"

"死老头，你怎么敢这样和我们说话，宇王马上出来，你们快跪下。"卫士首领蛮横地喊。

"哈哈。"小希爷爷笑了笑，把四个棋子往地上一抛，棋子变成四门大炮。穿得金光闪闪的宇王正好从飞船里走出来，他原本昂着头，可是一听见炮响就灰溜溜躲回了飞船。

"轰！轰！轰！轰！"四声炮响过后，金色大飞船变成冒烟的黑色废铁，被打出四个大窟窿。宇王的卫士们都吓坏了，他们立刻趴倒在小希爷爷的面前，喊着"我们投降，我们投降"。

小希爷爷和蔼地笑了，他说："这还差不多，投降就不必了，只要你们……"

"没出息的家伙们！"宇王忽然从一个窟窿里跳出，他双手扛着一把银色长枪，瞄准小希爷爷准备开火。

宇王即将扣下扳机，一个黑影忽然从他头上略过，宇王被挂到了空中，长枪从他手里脱落，原来是青龙来了。

骑在青龙背上的居然是时间老人。青龙用爪子抓住宇王在空中旋转，吓得宇王不停求饶，他越来越大声地喊着："宙王，宙王，我以后再也不敢了，我宇王要听你的，哦哦，是是，要听大家的。"

"宙王？"我吃惊地看着青龙背上的老爷爷，原来时间老人就是宙王，我记得那个叫阳的少年曾说时间开始以后就会出现宙王，绕一大圈说的就是他自己呀。

"哎，何苦呢？"小希爷爷仰天长叹，一阵大风吹乱他长长的白胡须。他让卫士们站起，对他们说："以后没有人需要对任何人跪下，大家是平等的。"

"我们以前确实犯了许多错误，大家能原谅我们吗？"卫士担忧地问。

"可以的，我已经说过，这里是爱和宽容的星球。"小希爷爷说。

"太好了，太好了。"卫士们痛哭流涕，"从此以后，我们一定做好人。"

青龙把宇王放到了地上，又载着时间老人消失在天边。曾经穷凶极恶的宇王也得到原谅，他在我们星球成了一个乞丐，因为他不会种田，不会做工。他穿得破破烂烂，成天坐在一个铁盘子前，一副很可怜的样子，善良的人们路过时会施舍他一点钱。

我要纠正一个错误，我本来以为夜晚发光的那个冰块融化了，可是它后来又变了出来，而且又重新变得很圆，真不知道它是玩什么花样，居然还会变魔术。小希爷爷给我做过解释，他说那不是冰块，它叫月亮，它自己是不会发光的，是反射太阳的光。它从我们的星球分离，成为卫星，绕着我们的星球旋转。

还有啊，我们的星球有了一个正式的名字，它叫做地球，我喜欢这个名字，我爱地球。

我们四个好朋友开心地上学，交了更多的朋友。利特是我的同桌，他平时还兼任星球的巡逻员，因为他能把朱雀号飞船开得非常好。我们有时也会和他一起去巡逻，当然了，我们其实是去兜风的啦。

人们在美丽的地球幸福地生活，小希的爷爷说每个人都是平等的，没有谁比谁更重要，每个人只要做好自己的工作，就是星球的好公民。我们认真学习，要让我们的地球永远美丽！

一个普普通通的下午，我们放学后在草地上看书，利特开着飞船去巡逻了，等他的任务完成，我们准备一起去吃晚饭。

"轰！"这是一个可怕的爆炸声，打破了地球的安宁。小希恐惧地看着我，说："宇宙大爆炸的时候，我听过这样的声音。"

"我刚才看到朱雀号飞船往天那边飞去，然后那边爆炸了。"欣欣说，"该不会是飞船爆炸了吧？"

"别乱说，飞船爆炸不会有这么大的烟！"大恒说。

我觉得大恒说的没错，因为黑色的烟雾已经覆盖了半个天空，飞船爆炸应该不会有这么大的威力。四周的温度都升高了，飘着烧焦的臭味。这时候黑云里忽然飞出一只巨大的鸟，它身上的羽毛都在燃烧。大鸟发出一声尖锐的嘶鸣，拍着翅膀向更高的天空飞去。我们谁也没有说话，震惊地看着那只全身是火的大鸟越飞越高，最后消失在天外。

"这也是神兽啊，浴火重生的凤凰。"小希爷爷不知道什么时候已经站在我们身边。他用难过的口气问我:"利特最后有跟你说过什么吗?"

"哦?"我忽然想起利特去巡逻前给过我一个小本子,接过本子的时候我还莫名其妙,这一爆炸让我觉得这个本子里可能写着什么重要的信息,赶紧找了出来。

· 20 ·

本子里写道：

晓易，我发现了一个可怕的秘密。

你们都以为那个乞丐宇王是一个笨蛋，以为他什么都不会，可是我在他的身边当过卫士，我知道，他是一个武器专家，一直在研究什么核武器。我不知道核武器是什么东西，可是我知道一定是一种可怕的武器。

来到这个宇宙最美的星球，那个宇王当起了乞丐，可是我没有放松对他的警惕，我一直在偷偷地观察他。果然，我发现他真的研究出了核武器，还把核武器埋在了家园的中心。

晓易，这是我最后一次巡逻了，你们不能和我一起去兜风，因为我要执行一项危险的任务，一次有去无回的任务。

那个乞丐今天一定躲到了山里，一定跑得无影无踪了，因为他的核炸弹会在今天爆炸。他要摧毁我们的家园，他要炸死所有的人，可是我不会让他得逞。我挖出他的炸弹，可无法让定时炸弹上的倒计时停止，所以只能把它带上飞船，飞到远方，飞到远方。

晓易，大恒，小希，欣欣，你们曾经救过我，我说过，我一定要报答，这一次，就算我给你们的报答，好吗？

晓易，大恒，小希，欣欣，再见！

附录：

黑暗世界里的光明书写

——读儿童科幻小说《地球少年》

陈冬梅

"90后"青年作家吴可彦的儿童科幻小说《地球少年》，相比其之前的《星期八》和《茶生》两部长篇小说，《地球少年》既保有其在作品中一贯的介入现实而又超越现实的某种形而上的思考，同时又洋溢着他在《八度空间》和《血河集》中跃动而富有诗性的情感。令人更为欣喜的是，在《地球少年》中，吴可彦以纯净的视角塑造了儿童世界的审美与艺术，将现实中沉重的问题和思考都融入童真童趣之中，无论是小读者还是大读者，都能轻松地与作品对话，留下充满美好与善意的印记和思考。

《地球少年》讲述了138亿年前，人类生活在极小的原球中，四个小朋友想出去看看外面的世界却迷失了方向，误闯宇王宫受到宇王卫士的追杀。幸运的是他们居然是可以驯服神兽的五行少年中的四位，从而得到了神兽们的保护。因不忍看到在时间城堡里的时间少年不能移动，四个善良的少年决定帮助他们在"光海"启动时间开关，但由于操作不当导致了宇宙的大爆炸。他们在星球中历经了各种磨难，如火灾、地陷、冰灾、水灾等，同时也面临着各种情感的考验，最终是爱战胜了一切，他们共同创建了一个充满爱、尊重与宽恕的星球——地球，从此人类在地球上幸福平等地生活。

一、神话思维与科学思维的人性探究

雅斯贝尔斯认为"轴心时代"是人类文明坐标的原点，苏格拉底、柏拉图、老子、孔子等先贤们创立各自的思想体系，共同构筑了人类文明的精神基础。时至今日，人类仍然依附在这种基础之上。但是，科学技术的发展破译了人类与自然众多的玄机，现代科学用缜密的计算与推理解构着人类、自然和宇宙间的运行规律及方式。人类社会实现了前所未有的发展与突破，与此同时也逐渐失去了对自然和宇宙的敬畏。轴心时代是一个产生精神天才的时代，而如今我们则生活在一个产生科技天才的时代。不可否认，人类在享受高科技带来便利的同时也正在接受着它的报复，人类所面临的许多困境的背后隐藏的是更深刻的精神危机。吴可彦的《地球少年》正是对科学技术进步及人类未来走向进行了反思和叩问。

吴可彦在《地球少年》的主题表现中融入了自己的世界观、人生观和价值观，并寄予了美好的愿景。少年们在历险中，他们的内在开始发生一种集体的无意识的改变，面对困境和挫折及一个又一个的挑战，他们不屈不挠、互助互爱，冲破了恐惧、懦弱、狭隘的束缚，完成自我蜕变；整个童话中一直到结尾才被人知晓的五行少年中属火的利特，将那个在美丽地球上得到宽恕却不甘只当乞丐、企图用研发出来的核武器摧毁地球的宇王，一起带上飞船去引爆，利特用自己的生命守护了地球的平安。这些情节的推进无不体现着作者对宇宙万物的爱意。对于读者而言，通过这些暖心的情节，则更直面感受了平凡的美好和生命的意义，使小说起到了"化教于美"的教育作用。但吴可彦深知，外部环境的诡异多变，是他根本无法消除的潜在变量，正是这种外界的不确定性暗示着少年成长的多重挑战，所以他在结尾潜伏着将来的不确定性。

《地球少年》中，吴可彦大胆地在科技发展中注入神话元素的文学书写，童话与神话的同构方式让我们回到自身与宇宙统一的时间点，去重新寻找看世界的方式。童话中所倡导的主题"爱、尊重与宽恕"，这三者恰恰是人类、自然与科学最本真的承载。神话思维作为一种人类记忆深处永恒的"原型"思维记忆，它在某种程度上而言，就是科学技术的母体，它是否能为当下科学无能为力之处提供某些解决路径或开出良方呢？

在"乌托邦精神已死"的现代社会，神话传说里的智慧和对人性、自然的敬畏，能否为当下精神焦虑日益严重的人类提供相应的借鉴，或者起到一定的舒缓作用呢？我们不得而知。但是，汲取神话思维的童话，无论是对儿童还是成人，它都扮演着一种心灵魔法师的角色，人类需要这份童真和信念。

二、"儿童本位"的叙事语言

法国思想家卢梭是"儿童本位"思想的倡导者，他在《爱弥儿》中说："大自然希望儿童在成人之前就是儿童的样子。"提出儿童文学创作者应在了解儿童的基础上，尊重儿童丰富的幻想力。基于吴可彦特殊的人生经历，他有着光明而美好的童年，用眼睛洞察了美好的时光，童年在他的生命理解中有着非同常人的深刻和珍贵。13岁时因眼疾失明，上帝关闭了他看见光明的通道，却又给了他澄明而锐利的"心灵之眼"。《地球少年》是他从生命中这弥足珍贵的有色童年出发，揣着一颗纯净、善良的童心书写着人性和对自然的尊重，开启读者对于科学和未来新的想象空间，同时也提供了新的思想层次和意蕴。

面对生死、善恶这么宏大而沉重的话题，吴可彦用"笨蛋，他是坏人""可是，坏人也不应该被烧死呀，那不是太痛苦了吗""我们四人抱在一起痛哭，如果我们化成灰烬，我们的灰烬也要在一起，我们要想全宇宙证明，我们是全宇宙最好的朋友""我从来没想过自己会死，我觉得自己会永远活下去，至少是一件很遥远的事，所以我从来不珍惜身边的一切"等童言来表达，在童真与温情中塑造着几个少年极具人格魅力的形象，同时也体现着孩童世界的善良和单纯。这样的叙述既关照了儿童的生命个体，也关照着他们的精神成长。

幽默在呵护着童心，童心反之也在滋养着幽默，儿童语言离不开幽默。《地球少年》中多处对话语言幽默有趣。如五行少年一起开着"朱雀"号飞船去星球巡逻时说："我们四个人也会和他一起去巡逻，当然了，其实我们是去兜风的啦。"那个想让世界充满笑和快乐的幽鹈，面对小希对他的不理解，并不急于拿出自己的看家本事，而是不急不慢地对她说："呜呜，这位小朋友，你这么小就失去了快乐的细胞，你长大后一定会很凶的呀。"这样的对话符合儿童心理特点和阅读期待，刻画了儿童区别于成人那种特有的单纯。整部作品中我们可以感受到作者无论是在词汇的选择和句式结构上，还是修辞手法和故事的进展上，始终以一种清新活泼、天真烂漫的儿童口吻在叙述，生机勃勃，跳跃着自然美与情感美。

《地球少年》是吴可彦多年行走于文字间对作品驾驭走向成熟的标志，更是他在而立之年煞费苦心精心雕琢的"成长预言"。相比之前的《星期八》《茶生》，《地球少年》的可读性更强。无论是面对善恶、生死抑或是友情、爱情，它的诉说和表达更加委婉柔和，甚至在直面人性的拷问时，站在读者的角度来感受它都是带着温暖与善意的，因为它始终贯穿着吴可彦高度的"儿童本位"创作自觉性，带着"儿童成长"的内核在诉说。

三、充满张力的诗性审美

文学不能直接改变现实的世界，却可以创造一个诗意的家园。吴可彦在《地球少年》中为读者提供了一个诗意的向度，用儿童世界这个诗意的国度展现了生命的独特体验，形成了一个独特的审美空间，让我们诗意地徜徉其间。当然，他也为自己创造了一个专属于自己的诗意家园。如席勒在《新世纪的开始》中说："你不得不逃避人生的煎逼／循入你心中寂静的圣所／只有在梦之园才有自由／只有在诗中才有美的花朵……"

诗性的出现需要一种孕育它的心境，或许只有吴可彦这种经历过从光明中被推向黑暗，而后在黑暗中循入了他心中寂静的圣所，以澄静的创作心态催发想象和深思，才能产生如此纯粹的审美，才有这种书写光明的诗性。他从善良的童心出发，描写四个少年为帮助在时间城堡不能移动的少年，冒险开启时间开关，还冒着生命危险帮助了在火海中寻找寒水石的阿姨、寻找爱情的大哥哥、带水的白云女孩，宽恕并帮助了宇王的卫士……正如吴可彦在童话中所祈愿的，宇宙不应该让心中有爱的人失望。

诗性的背后呈现的是人性，是对人与自然关系的哲思。给天鹅女孩带去最美的礼物的大哥哥，因为缺少陪伴与沟通，最终与爱人失之交臂后变成了一朵没有刺的玫瑰，一朵用鲜血染红的玫瑰，周围所有的玫瑰都为他流着泪水。还有抹香鲸在水灾中救了四个小朋友，可是贪婪的捕鲸人不顾几个小孩的死活，疯狂地向鲸鱼开枪。"不要开枪了，上面有人。""我继续挥舞着已经破洞的衣服，希望那些叔叔良心发现。""我不懂，为什么鲸鱼为了保护我们还流着血，而那些大人却要杀鲸鱼？杀我们！"最后，太阳发出了叩问和感慨："这就是人啊！"……小说中多处流淌着诗意与哲性并存而催人深省的细节，蕴意深刻。

吴可彦的世界是黑色的，但他在哲学的关照和文学的滋养中超脱了。他从黑暗中跳出来，从更高更清澈的视角解读世界。《地球少年》中所激荡着的蓬勃想象和诗意表达，与这喧嚣浮躁的功利世界形成一种鲜明的对比，这何尝不是一种黑暗中的光明书写？它所带来的澄明和反思，呼吁更多的人参与感知和探索神秘的人类原始状态的生命密码。这样的文学创作带来的不仅仅是诗意的感动，更多的是一种心灵上的唤醒。

说明：本文与小说《地球少年》一并发表于《福建文学》2020年第六期。

（作者系暨南大学文学院博士研究生，中国文艺评论家协会会员）

高校科幻平台《地球少年》创作访谈录

时间： 2020 年 5 月 28 日

采访： 何瑞琼（高校科幻平台）

嘉宾： 吴可彦

何： 您好，吴可彦老师，我是瑞琼。

吴： 瑞琼你好。

何： 吴可彦老师，首先祝贺您的《地球少年》在《福建文学》第六期发表。很多人都试图对文学做出一个标准而明确的定义，但归根结底，文学是一种自定义的东西。我想请问您，您是如何看待文学的呢？您是如何开始文学创作的？

吴： 我觉得文学就是用形象化的语言和故事书写人类存在的处境。我的写作是从网络上开始的，我读初二的时候家里有了电脑，正好那时候博客很热，我就上去写了一堆诗歌和杂文。当时读我博客的大多是大学生，我们有很多讨论，对我很有帮助。初中毕业的那个暑假，我读到卡夫卡的短篇小说《变形记》，被深深地震撼到了。这篇小说居然写出了我的处境。我当时有了一个决定，就是小说既然这么厉害，那我要好好地写小说。

何：您之前出版的作品有以大学校园为背景的《星期八》，而今年六月份发表的作品《地球少年》是科幻小说。您是因何选择了科幻创作？科幻本身对您意味着什么？转型不同风格的创作对您而言有哪些方面的挑战呢？

吴：《星期八》也有一定的科幻元素，不是很明显，因为当时没打算写科幻。而《地球少年》是从宇宙大爆炸写起，定位就是科幻童话，不过我感觉并没有什么转型，也没有特别的挑战。

何：可以跟我们分享下您的日常创作和生活吗？对于您来说，什么是您创作本身灵感的由来呢？

吴：平时做得比较多的事情是读书，很少写作，但是如果有东西要写的话，就划出一大段时间一口气地写。我觉得灵感有三种：一种在写作之前，一种在写作当中，还有一种就是写作之后了。写作之前对某个问题产生兴趣，或者发现某种看待世界的新角度，这是写作冲动的来源，是第一种灵感。写作当中自然还会冒出许多新的想法，是第二种灵感。写完之后我会一直想着刚完成的作品，反复重读，这个时候还会产生许多新的想法，会做许多修改。

何：可以分享下您未成名前的创作或投稿经历吗？

吴：我高中的时候开始投稿。第一次投稿的时候用邮票贴满了整个信封，因为我记错了，以为要八块钱的邮票才能把信寄出去，一边贴邮票还一边吐槽邮局为什么不直接发行八元一张的邮票。所以我第二次投稿就直接去邮局，被那里的阿姨笑得半死，才知道原来八毛钱的邮票就够了。我高中毕业的那个暑假写了一部中篇小说，用家里的打印机打出来，特别厚的一叠。因为我视力不好，电脑上的文档用的是初号字体，还加粗。我忘了编辑看四号字就够了，结果用那种超级大的字号打印，我估计他收到我包裹的时候会以为来了一个大部头，打开才知道原来是一个两万字的中篇。

何：您最满意的作品是哪篇？可以跟我们介绍一下吗？

吴：最满意的是《星期八》，是我大学快毕业的时候写的一部长篇。它写的是科技强加给人的幻想，主人公每周多出一个星期八，是一部象征性比较强的作品。

何：您除了从事文学创作，同时为漳浦县残联和漳州市盲人协会服务，也为全国各地的盲人朋友制作有声书籍，发布到网络平台供大家阅读。可以看出您是富有爱心的人。您通过阅读得到生活的乐趣，也愿意通过制作有声书籍帮助更多盲人朋友得到阅读的快乐。您在帮助他人的过程中有什么感悟？又收获到什么？这些经历对您的文学创作方面是否有影响？

吴：其实帮助别人的时候，也都在帮助着自己。我一直担心自己的阅读有局限，比如长期读自己感兴趣的作品，于是局限了自己的思维。帮助别人制作书籍的话，会迫使我接触一些原本不可能去阅读的书，这对我也是很有帮助的。

何：《地球少年》作为您的科幻小说作品，其写作过程可能不会一帆风顺吧。写作的时候遇到过什么比较大的困难吗？是如何克服的呢？

吴：因为它是一部童话，语言方面必须容易理解，所以这方面不停地修改。我还希望这部童话能有成人性，就是有童心的大人也可以看，所以在容易理解的基础上还要有一些思想性。困难主要在这里。

何：《地球少年》的故事发生在 138 亿年前，四个少年生活在原球之中，因为和父母走失，在时间老人的指点下，决心将自己所生活的星球建设成全宇宙最美的星球，全人类都会来这里居住，这样一来就可以和父母团聚了。四位少年在五行神兽的帮助下，经历了天灾的挑战，也面临了朋友之间的误会和分散，最终爱创造了一切，也如愿建设了最好的星球，并命名为地球。您是如何在世界观的构造和叙事方面的描写下功夫的？又是如何运用小说的故事情节的设计与安排来诠释故事的核心？在科幻创作方面，您有什么建议吗？

吴：世界观方面有受柏拉图和尼采的影响。我觉得科幻写作应该多融合哲学和社会学。比如《三体》，我觉得它最大的亮点是黑暗森林法则，这就是一种很有创见的社会学思想，虽然它不一定有多正确。

何： 吴老师，您说过《地球少年》就是尝试在科学基础上重新召唤神话思维，是为了找回科学对大自然的敬畏和对生命的敬畏，更好地诠释爱和宽容。我个人对神话思维非常感兴趣。《地球少年》中的形象在生活中有原型吗？和您儿时自身的经历是否有很大关系？

吴： 尼采认为精神的进化是从骆驼到狮子，再到儿童的过程，他这个说法本身就是神话思维。人类现在处于狮子的阶段，凭借科学自以为很有力量，但是如果不把精神进化到儿童的话，势必走向毁灭。我觉得可以尝试从神话中挖掘资源，去探索精神下一步的进化，而下一步的进化既然是儿童，那么童话就很重要了。我小时候非常喜欢读神话和百科全书。三年级时画过一个粗糙的绘本，构架可以说是宇宙版的《山海经》，就是哪个星球在哪个方位，有什么神、什么人，他们有什么故事。小时候那些天马行空的想象对现在的写作都有帮助。

何： 我了解到您的作品《地球少年》有引用到《庄子》和《山海经》，并称这两部作品是世界文化宝库中罕见的财富。那么，经典作品在您的日常阅读中占有怎样的比重？您的创作风格是否会因为阅读而受到影响？是否会因为阅读而去尝试不同类型的文学作品的创作呢？

吴：阅读常常能引发思考，思考后就有可能冒出一些有价值的想法。《庄子》这本书对我影响很大，我很希望能从中国的经典中挖掘出现代性的东西。比如《庄子》从某种角度看也是一本先锋小说，它的故事、比喻、思想、结构，都是超越时空的。

何：科幻、奇幻、推理等类型文学，非虚构写作以及互联网时代种种新的写作实践，是否正移动着文学的边界？在您看来，未来的文学经典可能会呈现怎样的面貌？

吴：我觉得那些深刻书写出人类当下处境的作品有可能成为经典，不管它是什么形式的作品。

何：除了文学创作，您还有什么爱好吗？

吴：我最大的爱好是读书，然后是写作，最后是弹吉他。

何：我了解到，《地球少年》入选福建省委宣传部文艺创作发展专项资金资助项目，近期还将出版单行本，我看到封面的设计，书名题签是省美术家协会主席王来文老师，李洱老师为《地球少年》写了推荐语，省作协主席陈毅达老师还为小说作了代序。您对支持您作品发表的老师以及给予您创作与生活上帮助的人，有什么特别想说的吗？对自己今后的创作有什么期望吗？

吴：六年来，我得到非常多单位部门及领导老师的多层面的帮助，这些都是激励我努力向前走的动力，非常感谢。感谢来文叔叔，我书房挂着一幅他二十几年前创作的画作，那幅山水画伴随了我的童年和青少年。童话《地球少年》能得到来文叔叔的题字，我觉得有一种特别的感动。非常感谢李洱老师，我非常喜欢他的《应物兄》，在他这部作品获茅奖之前我就读了两遍。我本来就是一个普通的写作者，能得到李洱老师的肯定，让我真的有点感觉自己是一个作家了。陈毅达主席一直关心年轻作者的创作，六年前《星期八》出版的时候就得到陈主席的鼓励和指导。这对一个完全不知道未来在哪里的年轻作者来说真的非常重要，因为我那时候还不知道自己能不能继续写下去。陈主席的评价和教导，给了我非常及时的帮助，非常非常感谢。我希望自己能写出更好的作品。对于帮助我的老师，对于支持我的读者，我想，写出好作品才是最有意义的感谢。

·后 记·

在我的幼儿园时期，最喜欢的一本书名叫《中国神话故事》，里面收集了许多民族远古流传下来的神话。在不同的神话故事里，我们生存的地球有不同的由来，这让当时的我十分困惑，也充满好奇。到底世界是怎么出现的呢？到底人是哪里来的？

上小学后我迷上了一套一套的百科全书，以为可以在当中解开宇宙之谜。那段时间我做了许多关于宇宙和地球的梦，有时候地球烧得像个小太阳，有时候洪水又淹没了森林和高山。有一个梦反复出现，是一道很强的光要射向地球，我在梦里想尽办法要让地球躲开那道毁灭之光，有时候能成功，有时候会失败。后来我在一本不靠谱的《科学未解之谜》中找到那道光的"来源"，原来很久很久以前天鹅星座有一颗恒星爆炸产生了激光，激光正好打中了地球。

我不仅白天读书晚上做梦，而且常常端着望远镜仰望星空，其实根本看不出什么名堂，但是只要看着那片夜空，就有一种进入宇宙的快乐。要是一不小心看到了流星，那就能高兴好几天了，流星可是从宇宙远方前来的过客。

伽利略是我当时的偶像，我以为自己经过不懈的努力，将来也可以在天文学上有所发现。结果小学五年级的时候我得了夜盲症，在光线微弱的地方什么也看不见，用望远镜在夜空搜寻，除了月亮之外什么也找不到了。

直到小学毕业的那个暑假才有医生查出我得的是什么疾病，并不是单纯的夜盲，是一种罕见的眼底疾病，无法医治。我的视力将逐渐下降，医生预测我会在三十岁前彻底失明，我的天文梦就此破碎。

天文学不行，那就文学好了，"天文学"和"文学"也就一字之差而已嘛。当我写起这部《地球少年》，许多童年时想过的问题和做过的梦都重新浮现。神话和科学看似格格不入，但是在我的童年里它们是一体的。小学时第一次听说"宇宙大爆炸"这个科学猜想的时候我心情非常激动，也立刻想到了盘古开天辟地，它们的相似一直提醒我不能低估神话和古代智慧。

爱因斯坦把"时间"和"空间"结合成"时空"，宇宙不再是绝对的样子，不再是牛顿认为的那台永恒不变的大机器。其实中国古人已经发现了"时间"和"空间"的紧密联系，汉字的"宇宙"一词，"宇"是空间，而"宙"是时间，"世界"一词同样如此，"世"是时间，"界"是空间。汉字里蕴含着超乎想象的中国智慧。

中国智慧还藏在许多古书当中，例如小说中引用到的《庄子》《山海经》。《庄子》最早从宇宙的角度看待生活，《山海经》用丰富的想象力探索了大自然的可能性，这都是世界文化宝库中罕见的财富。

当然我们也不能局限于中国智慧，所以小说中也引用了古希腊的资源，说"人不能两次踏入同一条河流"的赫拉克利特是西方最早研究时间的哲人，不过他说"时间是玩棋的小孩"。这可把后来的亚里士多德气坏了，因为根本不知道这个定义是什么意思。童话小说的好处就是可以通过讲故事来看问题，所谓"玩棋的小孩"就是时间少年嘛。

小说中写到一些神兽，它们基本上都来自古代中国，只有那头守护"光海"的神犬来自古埃及，因为中国神兽里没有能阻挡时间的，而神犬在古埃及的神话里是时间的天敌。许多金字塔里都有神犬的雕像，神犬一摆，时间就不敢走进金字塔了，于是金字塔里的法老就可以不朽。

自从 20 世纪以来，科学思维彻底取代了神话思维，但是经历了两次世界大战和核武器的爆炸，以及许多物种的灭绝及环境不可恢复的破坏，人类开始意识到科学思维的危险性。科学对大自然缺乏敬畏，对生命缺乏敬畏。怎么找回这种敬畏？怎么让爱和宽容不只是说说而已？我认为可以在科学基础上重新召唤神话思维，这部小说就是这样一次尝试。

相信我们会用更好的思维和更好的心态走向未来，让明天更好，让地球更美。